听见
身体里的
夜莺

TINGJIAN
SHENTI LI DE
YEYING

高春林
著

山西出版传媒集团 北岳文艺出版社
·太原·

图书在版编目（CIP）数据

听见身体里的夜莺 / 高春林著. -- 太原：北岳文艺出版社, 2024.9. -- ISBN 978-7-5378-6933-1

Ⅰ. I227

中国国家版本馆CIP数据核字第20247RQ801号

听见身体里的夜莺

高春林 / 著

//

出品人
郭文礼

选题策划
刘文飞

责任编辑
武慧敏

封面绘图
陈鱼

装帧设计
张永文

印装监制
郭勇

出版发行：山西出版传媒集团·北岳文艺出版社
地址：山西省太原市并州南路57号　邮编：030012
电话：0351-5628696（发行部）　0351-5628688（总编室）
传真：0351-5628680
经销商：新华书店
印刷装订：山西人民印刷有限责任公司
开本：787 mm × 1092 mm　1/32
字数：202千
印张：9.75
版次：2024年9月第1版
印次：2024年9月山西第1次印刷
书号：ISBN 978-7-5378-6933-1
定价：59.80元

本书版权为本社独家所有，未经本社同意不得转载、摘编或复制

目 录

辑一 你的声音在将空阔唤醒

003　缓慢的冬天
004　落雪
005　透光
007　听见彼此
009　立冬日
011　眼明寺看远……
012　摇夜
014　唯有你的声音在将空阔唤醒
016　十二月
018　丝绸的声音
019　艾条
021　画幅

023	眼睛之诗,兼致扎加耶夫斯基
025	是夜
027	等待黎明
029	夜读
031	桥眼
033	面目
034	我们在经历什么……
035	立秋日
037	爱的人活在自己的想象中
039	听见身体里的声音,或夜莺
041	小镇
043	风景绪论
045	流水笺
046	雁飞
047	醒酒记
049	瓷器笺
050	石槽记

辑二 每一个侧影都似蝴蝶的化身

053	星河
054	蝴蝶诗
056	透明之诗

058	在海盐看海
059	金粟寺记
061	泊櫧山记
063	星天外有我们的蜻蜓
065	采药记
067	在楼塔
069	在郁达夫故居
071	宿王店
073	茶源
075	在汨罗江畔,我们走走
076	在屈子祠观画像
078	江雾
080	孤舟行
081	玉笥山记
083	石板上的酒器
085	在想马河与永伟、江离谈论虚无感
087	找艾记
088	藤构果记
089	玻璃桥
090	在庄周故里
092	送信的人

辑三 弹拨着俄耳甫斯的竖琴

097　入秋记

099　犄角记

101　竖琴记

103　禄马桥记

105　影子记

107　马鞍垛记

109　收芝麻记

111　颍水记

113　八月十六夜在苏轼墓前记

115　聚酒记

117　四棵树记

119　黄背草记

121　观水石记

122　地质观察记

124　孤僻记

126　读《漫游者》记

128　观红牛记

130　波浪记

132　荆花蓝记

133　饮茶记

134　野蜜蜂记

136 感动于星河在亮

138 陪嫁妆村

140 净影寺

141 在汉画馆

143 在卧龙岗的草庐下

辑四　小峨眉山上多出了大海的蓝色眼界

147 小峨眉山下

149 从坎布拉到广庆寺

151 九月十二日，三苏园之蓝

153 广庆寺

154 冬日，与飞廉观白龟湖而作

156 在苏轼墓前

158 在博物院谈及《左传》

160 风吹过街角

161 那个驳皮绿漆大门

163 十字梁交架的会馆檐角

165 太阳石之爱

166 山河在，兼致瑶湾杜甫

168 柿花诗

169 节后，或北方的村庄

171 邀约诗

173　如杯状的大海

175　向着光亮的大海

177　铜鼓岭的大海

179　酸枣红

180　朱雀，或三浙高速一日

辑五　我们谈论旅程时我们说什么

185　融入感

187　论自然

189　星月谈

191　登山记

193　笔架山

195　铁佛寺

197　假面具

199　透骨草

201　蓝花荆

203　灵泉寺

205　觉觉鸟

207　观星潭

209　登尧山

211　繁星见

213　群峰间

215	早餐券
217	画中人
219	萤火夜
221	不羁说
223	麻醉剂
225	街无尽
227	行路难
229	我想要的慢,不是停下来
231	一扇扇门在我身体里和疼痛较劲
233	从未觉得阳光这么明净
235	你不一定理解我说的开阔
237	在父亲的庭院
239	雪自在
241	春雪图
243	异地之夜
245	所经之处没有哪里不在建
247	哈喽,劫匪
249	我们谈论旅程时我们说什么
251	某夜,走在开封的街道上
253	河南大学明伦校区的一个早晨

辑六　与清澈的眼睛相遇

259　水灯纪事

265　马耳山，筋斗云及其他

270　航空港观止的十一种方式

274　老皂荚树记

277　白园记

287　后记　声音、物象及七弦琴

辑一　你的声音在将空阔唤醒

缓慢的冬天

这个冬天冗长。想马河不再有马的奔驰,在雨中
尽显渊明的清境。不见酒器,我只是写下唠叨的句子
我说什么来着?愧对了时间——时间这个马驹。

这个冬天,每个人的身体里都有一列火车,
穿过隧洞以及险峻的冷。隔着的时间让最亲的交谈
也有一种无力感,但这已是对内心的呼唤,
晚九点,俄耳甫斯幽暗的长廊有了一粒微光。

2022 年 11 月 18 日

落雪

读到"当我砍下最后的叶子,你却走了"①
雪花,瞬间就落满了院子,我感到
这些雪片就是理索斯的叶子,但更是我的叶子。
一种临渊之碎,让我连一个花环都编不出。
你却走了,我下意识摸了摸前额,空荡荡的。
这时唯有雪花,它茫然地飘着,我茫然地四顾……

2022 年 12 月

---

① 引自 [希腊] 扬泥斯·里索斯《花环》,韦白译。

透光

冰雨灌了我们的院子,在梦里,
大门被风推开,又被我顶上——
北方的初冬似是开始刻画它的魔性。
很晚了,隐隐约约有街上喇叭声……

我醒来。裹紧。想到我们燃烧的火
抵御过无尽的寒苦,我们多数
时候像漫游者,从一个城到另一个,
给时间以另外景致。也给出我们的词。

这时我看向生冷的铁丝。一想到
它不足以捆拧住时间的发条,
一想到还有一个漫游抵近明月之心,
一想到梨花之雪将覆燥气,
一想到我们的声音透明——透出光,
我们的词,瞬间就有了它的肉身。

时间的确在冷。但不管怎么说
我们有我们的弓与琴,以及早晨的

蓬勃。光透过缝隙照彻时间的脸,
似是说俄耳甫斯颠覆了我们的现实。

2022 年 11 月

听见彼此

我所做的仅仅是叙述,具体你懂。
在彼此一隅,在清街空巷的
时间,我们像两块彼此温暖的石头,
让声音穿过夜城、禁制,甚至
声音在一瞬间,生出蝴蝶的翅膀。

刚入冬这几日,真的是细雨生寒。
彼此叙述里指定有一个空阔的向往
——夹缝里的鱼,暖阳下的眸——
我能看见你理想的眼里有一条长路
在通向大海。海声簇拥一片浪花。

早晨的喇叭,排队的长龙⋯⋯
门口水槽里几只忙于躲藏的鱼,
半黄的叶子落了半院子,仿佛说
时间又过一个长夜。我习惯性记梦,
并想象你的梦境很蓝,很燃。

我们的叙述在夜里通透自由,

我们的声音越过围堵抵达一个小景,
是的,不管"众多不同的雪"
落在何处,我们都拥有我们的小景。
记梦即铭心,问答要交给时间……

2022 年 11 月 14 日

立冬日

时间有一种紧拧的暗冷……
可是,我给你的图像还是想多一缕光,
就像"小春此去无多日"①这句诗,
在半青黄的木叶上,掠过世间薄凉,
给未来一个景致——绝非孤绝。

哪里也去不了,凭窗望远,远到——
"……人在天涯"?我清楚时间里
有辽阔的波动,不是你说的那个梦醒,
梦里是什么?指定有几个岸——
白龟湖岸,昭平湖岸,金明池岸,北海岸
以至于回溯到白河岸
——岸,也即是安。

我们沿堤岸走着,渡过河水走着,
打破所有的禁制走着……通透的光,
像你的声音,在我的身体里,在我们的

---

① 引自〔宋〕仇远《立冬即事诗》。

血脉里，状若游丝地、慢慢地行走。
这似乎命定的旅程，没有理由——
一定要的话：是诗在寻时间的渡口。

而现在，时间有一道伤口，
我说过，"我却不想让它进入诗"。
诗，是我们的世界，也是你的镜子。
所谓的秩序，这时不过是生冷的铁丝绳。
阿拉贡的法子，却是：学习爱。
隐秘的爱里，有一个辽阔的大海。

2022 年 11 月 7 日

眼明寺看远……

从这里看远，一抹蔚蓝在慢慢辽阔于身体，
它在越过寺院、旷野——我相信到了你那里。
我感到我们明天的旅程就是如此——
在未有禁制的蓝调里泉水隐秘地涌动它的细浪。
我的确说过，眼明泉以它的清洌救过不少命，
并再次说，每一个人的景致就是给自己一个清澈。
这个冬天的困顿在于迷雾多，放眼的辽阔
像我们的爱，每天燃烧一会儿以抵御世界的寒。

2022 年 11 月 20 日

摇夜

如星光布满整个城市的楼宇——
写下这句像是有了人间烟火之魅。
可是,从高窗看下去,静默的
街似乎更静了。静且遥远。
我凭窗站了很久,几乎的木偶状,
几乎在你声音到来时有梦一般
恍然。像是来自我的身体里,
夜莺或轻唤之吟,为了将夜摇醒?
在说到炽热的话儿时,你轻吟了
两声,我感到了你的细睫毛,
以及水的波动……我们说,不封了
去旅游吧,我们说太悬,像小说。
你问:有没有小说的未来?
答案是打钩,你听詹姆斯怎么说
——小说足以媲美生活——
"世界成了一片荒无人烟的虚空,
仍会有镜中的影像。"[1] 我感到

---

[1] 引自[美]亨利·詹姆斯《亨利·詹姆斯的文学批评生涯(节选)》,乔修峰译。

我们就是彼此的影像,困顿甚至
欢娱的时间也彼此感知,这时
我们问:这世界怎么了?我们所
做的是遵从内心,而有一个真身。

2022 年 11 月 16 日

唯有你的声音在将空阔唤醒

时间似乎再未错乱——每天清晨,
看半黄的叶子慢悠悠飘落路道,
静寂而有序。如此照常,没有了
小孩子的奔跑,甚至楼下老宋的
口哨技也未在晨时响起,七八点钟
的雀鸟偶尔在窗台,算是一种叫醒,
那叫声从窗外飘进来,弦外音乐
般在打破或轻唤沉下去的记忆——
半月了吧,不断给石槽里的鱼加水,
看它们从石缝中出来,像是寻找
映进来的蓝天……你的声音到来时
我正迷恋那狭窄的"蓝天",鱼儿
跳了一下,整个天空都是碎花影子,
你说:"闲的吧……"我也在笑自己,
我能说什么,时间慢下来,甚至
是停下来,我在做一个捕梦人
——旧梦离愁?未来可期?
入冬了,雪将覆在尖顶的栅栏上,
"我愿意以一个少年之心来等待"。

这时间唯有你声音里有一个解码器，
在把空阔唤醒，在给一天以出口。

2022 年 11 月 21 日

十二月

落叶翻卷着十二月的薄情——
除了风声紧,再未有另外的声音。
北方的雪似是又下到了江南,
干裂的唇,我用牙齿咬住干裂部分。

隐隐约约的梦,一个人的到来,
似真的。其实,是真的在说——
梦幻之书约等于感伤之书。其实,
薄凉中还依稀想着这个冬天走丢的人。
其实,瘖寐间我都在做一个捕梦人。

"十年生死"是苏轼的,"最后的爱
的温柔还活着"是 Zunjga 的,
我给出我的景致,就是生冷的
十二月,有一场梨花之雪在倾覆
所有的错,以及我那黑洞洞的夜。

十二月不再是燃烧。我感到原野的
气息——更大的荒芜里——我是我

自己的琴，我奔跑着，那碎裂的

声音活着一样，在整个原野奔跑着……

2022 年 12 月 12 日

丝绸的声音

我感到你的声音,丝绸一样这时向我涌来,
滑滑的,从白河到另外的河……众多之水充盈
在我们身体里,给彼此以依存和妖娆。
我感到水的潮动,从渺远到具体的风景在上升,
多少年了,居然没能淹没这个寒冬。残酷的寒冬。

2022 年 12 月

艾条

我在室内点燃了一支艾条,
我看见她的焰火,似妖娆过我写过的——
"艾,即是爱"那个贴着肌肤的梦境
——我们沿着我们的河流找艾,
在我们的身体里找艾……艾的蓬勃像辰星
或尧山晨景,窸寐于我们的呼吸、肋骨

——这时你的艾条在我室内燃着,
艾的景致渺远而具体
——摇曳的青烟,轰塌的灰烬——
我在露台上接纳冬月下午的寒,我打了
个寒战。喉咙有些哑——想说的话
都憋在了诗里,诗又能说些什么呢?
在背弃的一个时间,我无力说到离散。

天暗了下来,艾燃着,她那熠熠的
星火有着夜空般的缥缈,那星火让我懂了
萨拉蒙所说的——"你正焚烧我,

如果我失去了你,我便失去了形式。"①

2022 年 12 月

---

① 引自 [斯洛文尼亚] 托马斯·萨拉蒙《创伤》,赵四译。

画幅

直到一幅画的油彩叠起来,
关于光线的问题,仍是问题。
他试着入画境,而眼前多是浮尘。
涂抹的韵致在于抹去坏时辰。
关键是想法不能一层层透明起来,
心患冥眩。单线条地尖叫,
色域。时间保持了迷离的眼神,
画你的锁骨,七弦琴,水蛇腰。
柏辽兹舞会的旋律是爱情的,
也可以不是。他就是抽烟斗那个,
是乘着地铁穿过城市寻你那个。
出地铁口,突然的光线似乎
玄幻感——耀眼也即遮眼。
有一种松脂的味道在线条之间。
时间的幻象。藤蔓与手臂。
一半是海岸线,一半是深渊。
一个人始终在找属于他的光线,
——打开心眼的终是光线。
这叫什么?醒眼。醒也即醉。

你有绝对的自由放任自己的肢体。

弓与琴。纵情词包容的夜色。

2021 年 3 月 20 日

眼睛之诗,兼致扎加耶夫斯基

读扎诗,在西蒙娜·薇依注视过的
罗纳河谷,感受黑色的眼睛。
黑鸟是什么时间出现的?我这样一个
并不悲情的人,走在北国的雪地上
也忍不住一阵哆嗦。未有过多的
幻象,我们的敏感甚或一些人——
就失踪于雪化时。"澄明的时刻是那么
短暂。更多的是黑暗。"① 为此你的
眼睛就是窗外的白嘴鸟②,蝴蝶,雨滴,
在变暗的河流上找到属于生者的时间。
没错,我们的每一个词都是飞翔,
并渴望在明澈的时间里飞出有型的火
或提琴调儿——声音划过的是画布
以及生活的空白处,这几乎无关艺术,
铮铮之声在于争破——词在上游。
为此你的眼睛是湿润的,你看那悬在

---

① 引自〔波兰〕扎加耶夫斯基《时刻》,李以亮译。
② 引自〔波兰〕扎《审判》,李以亮译。

电线上的藤蔓和丝瓜都干了——
雕塑的一刻？如此向天空展开的清明
多么难得。再不惧那些黑暗了，
你清楚，你的眼睛也就是你的星河。

           2021 年 3 月 25 日

是夜[1]

我在一个县城,我有一个木质的门,
每天我推开门,那吱吱的声音,
细小而具体,这是必修课,我知道,
当我推开门时光线从缝隙到铺开再现清明。
我敏感于这光,如同敏感于夜。
这时,我的颈椎病以说不清的
不舒服,在翻来覆去空漠里焦躁——
又一个写诗的友人走了,
丢下他的诗和悠长之夜……
也是夜里,我们曾经一同看过海南之海
深蓝中卷起的浪——白色海浪
拍向海岸,轰炸空空的夜。
是夜,打开日历之书,
不再是诙谐,天堂鸟抖落浑身喧尘,

---

[1] 深夜获悉胡子离世的消息,整个夜都难受起来。想起在2016年蒋浩组织的海南山海天诗歌节上我们一起……找来照片,又从书架上抽出他的诗集《日历之力》《旅行/诗》,竟一下子翻到"写给那些在写诗的道路上消失的朋友"……于是写《是夜》以悼念!

向大海抛他真身——我想象他日历上的拳头，

他以穿堂风明快的口诀破解隐秘之门，

他打着哈哈独自隐身，拧亮自个儿在海底，

不管世界有多么讽刺——

一个人定要找一干净世界，就像词归一片大海。

"诗在海里，诗也在无尽的长夜。"

干脆说浩阔中孤独是诗，白鹭是诗，

但诗不飞行，究竟做什么或难以说清

——一个人的修行，夜半的辰星。

我清楚，夜半是一个奇怪的时刻，

也是女人和男人，缠在一起的时刻，

一些声音迷醉的。而另一些声音孤绝

而清醒——我肯定这是诗时间。

苦笑也狂笑，更多是眼神的一次清澈。清冽。

清空。我在空茫中还能说些什么？

另外的讽刺，在深夜。

2021 年 8 月 23 日

等待黎明

飘摇之城,没有虚妄的出口。
雨还在下。雨眼睁睁地下……
这时我揪心于,曾经记下的——
我怔怔地抽烟,等待黎明。

时间简史上又多了一道苦难履历。
漫过一个城的洪峰,它以幻灭的词
挑衅你的泪腺。这时未有
阿米亥那个诺亚方舟①,我们钻进去。

未有更好的世界,我相信,那一声喊
是觉醒者,醒悟于生命是用来
爱——这时一个人的每一口气皆是用来爱
——请允许我以君往何方的暗语,
暗示我的叹息,抵御,词的长腿拔出
沼国,给身体乃至向往一个栖息地。

---

① 阿米亥有诗"我们将和所有成对的生命乘上方舟"。

在深度的惊惧中,我知道,你
和我一样——我们都有一个陌生的梦,
等待援救。我们不止一次地谈到暗,
梦以它的光芒穿过,弄疼我们隐秘的词。

2021 年 7 月 21 日

夜读

窗外的雨一直下到浪花涌动,
似孤鹤弄出飞鸣。短暂的停电,
我读至俯江长啸的动容时刻①。
这个间隙长长吁了口气,暗自想,
每个人的身体里或有一叶轻舟,
在紧要时划过生命的险境,抑或
听任其游走,给自个儿一次漂泊。
时夜将半,还有多少人未能入眠?
这时并不是谁都有鱼和酒,
在醉意里仙游,并写下仙游诗。
曲中人唱与不唱都有一个辽阔的
疆域,给时间一个声音,像雨
敞开一种呼吸。我在舍间转悠了
一圈,慢慢撇开外边的声啸,
让时间收缩到孤寂,什么也不想
而回到词。山高月小是一个
世界,水落石出是一种真相,

---

① 苏轼《后赤壁赋》"划然长啸""风起水涌"场景。

时间终究属于我们的,探索之词。

星光。飞翔。畅游者的长天

在于要一个虚幻之境。诗向上游。

这时我也自问。时间有一扇门。

2021 年 7 月 26 日

桥眼

我从这里通往另一座城,通往
市里。它是这泱泱河水上
唯一弓起的时间。它是什么时候
废弃的?桥上观月或望远者
都去了哪里?紧挨着的桥以新的
弓起给时间以飞驰。奔腾的
不只是流水。我小时就听父亲说
流水无情。他没说时间更无情,
为什么我却感知时间的伤痕居多?
我叫它弃桥——它停摆时间。
它依然拥有着晨光,和黄昏之后
寂静的景致,三三两两的人。
我依然给予它赞美——我相信
旧事物是用来赞美的,就像一个
人,他有理由赞美他的过去。
曾经我刻意地在这桥上走一走,
当我站在桥的中央,我真的感到
时间在停滞,而桥下流水暗自
涌动着,当我定睛看的时候,

分明感到一双眼睛在盯着我，
芒刺在背地盯着我，我惊疑
四顾时有一个声音在喊——
"快下来！"我不清楚来自水里，
还是来自水岸。那一年洪水爆发的
第一时间，我急于想到桥上去，
而那弃桥，突然间坍塌了——
长长近百米的桥似乎瞬间消失了，
桥上站满了人，据说被那眼睛
盯着。人们因一双眼睛得以撤离。

            2021 年 7 月 31 日

面目

一旦醒来,我就会再回想一遍梦中的际遇,
梦里多年轻身姿,意味着什么?在暗示
老之将至?"因为词,我们的面目还泛着微光。"
我说出这句时,你使劲点头,使劲地
指了指水灾后的城市——一些人就那样消失了,
不消失的是词。还有,这条街以及那条街,
一栋栋房子早就魔幻般消失了,唯有词……
我还记得它的面目,有时我在梦里才觉得自然。

2021 年 8 月 2 日

我们在经历什么……

一个乐水的人突然对水有了恐惧,这不是
水的过错。就像向往城市而城市缺失了可信度。
我反对借题发挥,就像反感借机发难的人,
那个戴着眼镜的家伙在用他的刺头怪招引更多的
愤青,不得不可怜那些盲从者,每个人
似乎都觉得自己是达达主义,身怀绝技,甚至
已超越现实的裤腿……他从来都不知道我们
尊重的真理是经历了苦难并寻求人性的真理,
我相信桑塔格说过的,我们有必要记下运动的
曲线,它流动着,就像一条河有多么优美
抑或是凶险,我们的表达这时是未知,以及
因了未知我们去寻找一种真相,当指向另一端,
就是探索一个未来。世界怎么了?大水漫过
身体,是不是也漫过了灵魂?我想起洗涤这个
词,可是洗涤很难。就像时间上滚动的是石头,
打捞的却是人心。问题是我们在经历什么样的人。

2021 年 8 月 3 日

立秋日

立秋日的雨,用心于世界薄凉。
渡口不见渡船,任由雨点在水中奔跑。
或早已习惯了某一隅,菟丝子的
藤蔓缠绕着时间的细根,哪里也去不了……

未有另外的出口,在身体里旅行,
阿拉贡的法子在于:词语中学习爱。
至纯的东西留下来即是诗,即是
"艾尔莎的眼睛"。深蓝的大海。
词是词的镜子,当然有时候也可说疯子
——为了某种抗拒变成坚硬的铁。

这时,每一个人是一座孤岛,
我们想一起喝酒,拜托,省省心吧,
这时听听雨就不错了……我揉了揉
我的耳朵,前段时间它被雨水弄疼了,
忍不住狂躁、嗡鸣。我在想
什么让时间静下来,时间有一道伤口,

我却不想让它进入诗。干脆说吧,
我想找到我的船,航行或漂泊……
我在木质的椅子上待了一下午,雨
还在下,似乎雨里真的有自由的信使。

2021 年 8 月 6 日

爱的人活在自己的想象中

"……爱的人活在自己的想象中。"
读到这里时候,他知道又是一个
避世独处的下午,啜饮习惯性停留
在他的唇间,代替了说话……

四点零九分他拨了一下电话,又挂断,
遥想了一会儿,眼有些雾蒙蒙的。
燃烧的周末——北海岸——运动中心
一个人的茶室——如此撤退,这时的
自然重获自然?他有迷离的台词,
"爱停顿的时间,世界的风景幻灭。"

风,风筝。蝉,蝉鸣。骤然的中断……
唯有翻动的书页有另一个人的影子,
有一种明澈,使他饮下寤寐间融合的
声音——词的记忆也即爱的再现。

最近所有的事物都暗藏禁制,
他试着到汝河的石滩去,但他过不了,

风拂过他的双眼——风轻柔得不像
是说时间有一场危机,但他清楚
要有一个时间之门以撇开死亡,长夜。
他还想对爱的人说:"明天,出去走走?"

            2021 年 8 月 9 日

听见身体里的声音，或夜莺

立秋的雨似乎在消解着时间的
焦虑。门面多是半掩着，一两个
人戴着口罩张望一下，又消失……

"拜托，你们别再让情况更糟了。"
又是争吵，在蝉鸣声起落之下，
我隔着橱窗开始漠视所有的声音。

"你的声音指定是我想要的，但
不在这里。"写到这里，我慢慢
静了下来，在独处的室内歪下身子。

什么也不想，在撇开耳廓的
鼓噪……奇怪，静极了——
除了你在我身体里的声音，明晰的，
有时密闭于室，有时在开阔林间。

我不得不停下来，动了动舌头，
想回应什么。"最重要是要呼唤"，

呼唤了，我感到了空茫中血液的
涌动，像更有热度的声音从身体

深处出来，未经我的许可——
夜莺，我们的奔跑，这一会儿是
宽阔的海，一个渴的水域，
我哆嗦着，像瞧见了你说的无花果。

2021 年 8 月 10 日

小镇

小镇在雨中显得玲珑。偏僻的酒馆,
三两个人慢饮。他望向窗外,
似乎一切都不存在地抽他的烟,
烟雨缭绕着窄的街道,也缭绕他手指
翻动的策兰:"世界后面,那未被吩咐的……"[①]
他的眼慢慢清澈。他确定凌霄花的旧墙
有一种光辉洒下来,就像世界后面
一个词在蓬勃或安静地为他而来。
他不属于这里,或说他曾属于这种薄凉。
他在风尘万里的途程上像个微粒——
人是什么时候开始混沌的?他想问
一下,诱惑之眼长什么样。世界真的大,
浮浮沉沉,变暗的碎片真的多。
这时他抽他的烟,不远处的山看上去
有一抹险峻的云影——缥缈是一处
干净的景致在缓缓上升。他感觉
酒劲儿上来了,有些迷蒙,他清醒地

---

① 引自[德]保罗·策兰《相撞的鬓角》,王家新译。

听到一个声音在说：唯时间之爱——
不管风雨多大都未掠走那一丝爱的微光。

2021 年 8 月 13 日

风景绪论

"清逸于水之明眸,再未有什么了。"
时间里的微光在幻化出更多路口,
而不是苦难如老杜,记下险阻的词。
躺平的是时间?至少不见寒星,露宿。
当我坐在巨大的山石上,我们谈论
现代风景——景致到底是什么样子?
空阔修剪自然,也修正我的言辞。

困惑时想到隐逸,隐逸却埋进历史。
能有一个山走,或许够了——相对于
洪荒之水淹没的纷乱真相,蝉鸣……
我一直揣不透老杜,百般行走中
说出那句"歌自苦"有多深的苦。
一个人的路口也是众多人的迷津?
也许再无疑问——绰绰若影,
明明如水——风景,其实存在于心。

一座山坡,其实清逸于明眸。
我揉了揉我的眼睛,看那植物骨节

还在旷野柔韧，那口老井叫——
眼明泉，说治愈过大人物的眼疾。
不管是否会有这样的历史际遇，
我倾向于一个世界，存在着时间之眼。

2021 年 8 月 22 日

流水笺

并非今天的雨漫过城市时涌动出细微的
惊惧。孤寂的刻钟貌似每一刻都有一个新
麋鹿在身体里跳跃。我当时赞美过——
我的赞美就像是一支海燕之歌,有一天
我醒了,开始涂抹什么,我知道,指定是
冬天的乌鸦飞掠于瘆寐之间。一撮黑,
星星一样,在午夜或另外的梧桐树青葱的
梦境里,留下它童眸般深情的一瞥……

2021 年 8 月 22 日

雁飞

上了年龄就不再奢谈舞蹈、飞翔。诗歌赐予我
欲望的低飞,身体里小提琴有一种清澈感——
这是多么不容易的事。当颈椎病压迫着
我的双臂,时间不是顺遂而是难耐,我看向
窗外,"给我一支雪茄吧!"我像克制着
坏情绪,你说什么,雁子状?就是大雁飞——
一个人坚持住展开臂膀,如此也即去病神方。

2021 年 8 月 25 日

醒酒记

——8月27日中午与永伟、泉声酒聊,得诗"酒醒神"记之

我在灸艾。也在看向窗外通透光线下
的寂寥——你们声音来时,我颈椎似乎
还在僵着,瞬即,我感到酒的度数
漫过时间栅栏,温热秋天的眉骨。

我们彼此看了又看。火车穿过鲁山
隧洞时那险峻的秋色指定是漂移着无视
甚至挑衅了黑暗而有一个抵近——
光抵近着光,如同词抵近着亲近的词。

这几日不能眠,在医院、针灸与憋闷空气
之间辗转。还为一位逝去的友人涂了
一首子夜诗——他说诗在大海——我们
也一同看过大海。我就想,如同拥有
一扇窗,一个拥有词的人自有海的辽阔感。

秋天的清澈在我们的杯子里晃了又晃。
这时适宜漫游,我的困顿在于
走出自己……不再是赶考——

酒在醒神,酒也在酿我们时间里的鱼。

2021 年 8 月 27 日

瓷器笺

一个叫开片的声音,每个夜晚都在发生。
那泥水一次次生成的先是想象,之后是火——
也许是碎片。也许是重构的一种生活,
寤寐之间,如一个女人来到了他梦里尤其来到
第二天静静的居室,那滑滑的光线
抚过他迷离的眼。湿湿的,他感到身体里
火浴的念想——不安而又清澈地箍紧他,
他感到事物之间有一种指水盟松般的灵性在生成。

2021 年 8 月 31 日

石槽记

我想起行走于空山之上,一片雪花
落在脸上,微微沁人于心的那个干冬。
一种渴望似乎还迂回在我身体里。
空旷的镜子,薄凉的人间。

我们像石槽那样一次次掏空自己身体,
又真切地放入一条清浅的河。
我们渴望,流动的,这些澄明的词,
幻化为我们游弋于世界的自由之鱼。

2021 年 9 月 6 日

辑二　每一个侧影都似蝴蝶的化身

星河

冬荷是河水上静默的眼睛。
它假寐，为了不打扰沿堤岸而行的
人——风并不冷，因我们同行。
乱石的黄昏，一切竟变得无边明澈。
世界微妙于真与非真之间有一个
动魄的秘径。我们谈到悲伤，
别离，雪于瘖痖间覆盖了沟壑话题。
还有什么胆怯的？时间之外，
万物空寂的河岸给予辽阔的自由。
真正的词就是光明之神，在挣脱了
现实之后，融入我们的身体。
一个超现实就是现在？再也不是
虚妄与陷落。星河里有我们的隐秘——
夜要降临了，我们的闪电恰在此时。

2020 年 1 月 10 日

蝴蝶诗

春天是一只蝴蝶翩飞于想象。
你俩问我同一问题——
恐慌之城"你怕不怕?"
我先说,你们即是远方的蝴蝶,
微风轻摇着抽出叶芽的桃枝。

时间应该这样子,不见内心的
石头,放心于我是我的词。

我知道还在降温,有些冷,
但下一分钟注定不是这一分钟。
灾难中,时间被不同人映照出,
姆卡松加的秘密在于——
"我们要和厄运生活在一起。"

这世界多出的不是胆怯,是诡异。
相信我们的词,它的野性
有时像悬崖的白鹿。有时它必须
叙述它的经历、肉身以及翩跹。

说它即黑白之间寻找色彩的蝴蝶
更适合于困境中超越的本能。
我也诅咒蒙蔽之暗,但我相信
时间属于清楚往哪里去的人。

2020 年 4 月 6 日

透明之诗

光穿过木荷林也像一个人穿越了你。
北方的荻间雪，再次刻画你的眉骨。
飘摇世界，身体里的缺口，
少有欢愉的窗台。抵御是必然之词。

我们都是苦难履历上的漫游者，
从一个省到另一个省，唯有这些
词——在翻山越岭或挑衅黑暗之后，
这些词，成为时间的清明之心。

这时我在站台上，尽是恍然而逝的
人群，尽是陌生的眼以及口罩。
想到北边的雪这些年都下到了
南方——蔓延的寒气，也未能阻止
奔波的脚步——或许每一个人的
身体里都有一个疆域等待时间丈量。

这时是秋天，适宜接近大海。
关于大海，我们都不止一次地谈到

鳞光。声音里的鱼在自己的海域。
透明即是说你,这时穿越了黑森林。

2020 年 9 月 10 日

在海盐看海

从这里看过去,一条通海大桥像洁白的光束,
这时升腾于身体。我感到我们的友谊
是细碎的海浪里不断叠加的面孔和笑容。
我再次说到一条鱼在自己的海域,以它的鳞光
抵御过漩涡之暗。一个人成为一个景致
也就等同于一个人是一片海域,给予时间
以定义。"必须与自己人喝一杯,可能要醉……"

2020 年 9 月 6 日

金粟寺记

枯木幽兰。① 其图景是重洗的天空。
我们默契于掬一捧水,澂清的
眼睛什么也不必去探视。去也即来。

粟意味着苍生吧?薄雾散尽时
我们在一个清凉处,与他聊。
说到东坡,我们同时眼前一亮,

幽兰似闪烁,在越有限的界限。
八风吹不动的人于时间深处
以其本初的光芒,抬高了我们眼界。

观阔宇人形,"只要纯洁就够了,
那是这世界的毫光。"一个人不需要
另外的画皮。彼此看了又看,

幽兰也即世界敞开。透明的雾气,

---

① 《枯木幽兰图》是海盐县博物馆的镇馆之宝。

这时给出的自然是天穹下的寂静，
除了内心的声音，就是飘摇的青烟。

我们为什么赶着给自己建一个时间？
背负着它就像背负着某个碑石。
或者背负一个即时的幻象。

他说度，每个人都在于自己的尺度。
午时的安宁里不再说到渡口。
黑夜的旅人，意思是我是我的行星。

2020 年 9 月 12 日

泊橹山记

"南有嘉木,你看那泊橹山。"
老金从二楼的窗口顺手指过,
我也仅看到叠翠而非山崖。
上山微光幽深中却见泊橹之险,
似是嘉禾老树指点过海域,
一点点映像辽远到徐行的船。
不可视的神秘在于石头之上的
天空依然浩渺,四周的海
在桑田巨变后偃不住的浩渺。
一个人在山道上哼唱着他的歌,
仿佛不渡方有一种隐逸。
据说,从这里望见的白城
是一个核电站,我是我的核心,
这时除了一块磨刀石,我
宁愿一无所知,采沙或采石
或者叫,为身体里的天空采气,
不再为青红皂白伤了脾胃。
我想到一个词,即抛橹而栖,
各寻各的山石——我注定蜗牛状,

你注定亭亭玉立。如此肖像,
聂鲁达说"让我们在山上生火"。

2020 年 9 月 9 日

星天外有我们的蜻蜓

——给张永伟

有人在唱着七八个星天外……
让我记起我们在尧山观星潭的夜,
苍穹下的暗惊讶于星河,
和不知名的夜鸟拖长诗的元音。
晨光的蜻蜓,或停于草叶或入定于水上,
自由在我们的酒中飞舞——
你是你的酒,这时饮尽两碟菜的长夜。
"如果没酒了会不会剩下愁坐?"
中午通话时谈到阿特伍德《塞壬之歌》,
湿雾,是迷蒙世界眼睛的毒蛊,
你说"我每天都在写,让一些人
沉默与高贵去吧"。没有另外的出口,
这段时间我也不能合眼睡去,
或者在不眠的梦中惊醒。梦中——
白大褂,哨音……要么是年底之前的
寒冬,就是梦不到我们的蜻蜓。
声音是什么? 在开辟一个空间之后
声音即我们的定力吸附了时间的筋骨。
今夜我们在各自的居室饮酒,

窗外又是雨夹雪,漂泊的幽灵。

2020 年 2 月 15 日

采药记

"如植物汲取光,我们探测我们的词。"
夜读《神农山诗篇》,野性的
连翘、透骨草、接骨木、蝙蝠葛
像在辨认身体的伤痛。今登百药山,
每一处都是药性的一个词群。
巧合的是,从植物的信仰里寻找
光明的对称,白琵鹭飞越了另外的
天空,抑或说不再居于现实之困。
我们曾植物般纯粹,什么时间病了
而不自知?光明被驱离我们的
眼睛而不自知?甚至透骨草治愈不了
深入血管的风湿,不知伤痛?
在百药山的石阶上,我们谈论着
神农氏,敬意和饥馑像身体里的两个
湿漉漉的叶片。这时我是我的石阶,
百草给出药性——药性在修复
我们的暗疾,关键如夏尔说——
增强举止的血气是一切光辉的要义。
老杜当年采药在河洛一带,这时

采药也即采气,我在江南百药山上,
我也惧怕深爱的人"老病不识路"①
我不再含糊地在上升的风景里
找寻道路或药理,众树是我的词群,
教我指认——我以我深邃的眼睛。

2020 年 9 月 11 日

---

① 引自〔唐〕杜甫《有怀台州郑十八司户(虔)》。

在楼塔

在楼塔,也即在王勃吟下的
仙岩。隐居是在唤身体里的渊明。
朱雀是先前自由的化身。
桅杆还在为横渡找一个水域。
我来过,还想重新来过
在于诗有一个渡口。当然
也可理解为我们要一个出口。
我曾感叹词的虚无,就像
感叹石板上我们的竹器
——我们是饮者,或奏笛。
时间因一个声音而明眸——
一个声音可以是越过边界的鹿,
一个声音也是水清木华的田纳西。
"细十番"① 是大禹的水调,
没准儿也是我们安居身体的诗。
仙岩,也是仙缘?还是不说
羽化的事,厚实的现实不缥缈。

---

① 细十番是楼塔民间乐曲。

在小平饭店,我们饮下大海,
辽阔是我们酒杯里远行的船只。
这时"我是我嗓音里的鱼"。

2020 年 9 月 6 日

在郁达夫故居

一个小院。暗影里或枇杷树下,
时间冲洗出的声音,还在。

还在说——一个文人的隐秘
在于感伤的旅行和觉醒。

我们还在要一个什么样的神情
对称一个纷呈时代的剪影?

几百米外是江水、楼群,
和影影绰绰浮动的人、车子。

薄雾,锁着平缓的江面,也锁着
我们的眉头。深处即急流,

这时一江秋水似是演绎了透明的
悲伤后,给出更多的堤岸——

奔走是一个岸,呼号是一个岸,

一个意志的人最终给自己一个岸。

我们在岸上漫游，或者踩着他的
楼板，在找一个凝思的神情。

他的瓦松逾越了我们眼界。
现在要的，我是我行走的真身。

                                        2020 年 9 月 30 日

宿王店
——给泉声

双亭记,或即山石上的清修。

我们向上游走,沿河岸等同沿街,
——水中飞鱼以穿梭的自由。
"能做事即便多待些时日也觉舒坦"
一种融入感,就是筋骨草生出
另外筋骨。你约我看星河,
那个空寂小院,几顶斗笠和马槽,
寒夜的春花短歌一曲。
据说,刘秀在晨曦中遁去,
宽阔的河道,空悠悠的白云。
生命之书上说,诗是一种磨难,
其幻化的自然以雪一样的羊群影响着
山脚线。我们都有着苦寒履历,
"一些事情做起来在考验坚韧性。"
这时,石头和玫瑰没什么两样,
我们的路,就像我们的塞壬之歌
——这又有什么不可以呢?
万一是时间的一个入口也未可知。
白驹过隙,我们只要酒间一席。

钟挂村口。土缸倒立风云。

我好奇于你的月亮湾那个神秘弯曲。

2020 年 1 月 18 日

茶源

在寒冷的夜,应再饮一杯。
坐在茶源读莎氏植物,
水润物也醒神,而匆匆一天
太多东西冒充生活的胧月。
橱窗外大街上的车灯秒闪着
墙体的玻璃装饰,我为此
拍过一幅照片,模糊而玄幻,
——这就是艺术为什么
傲慢又虚无的一个理由。
我们的履历经过了夜色涂抹
有了折光?抑或不具人形?
不管怎么说,都要醉一次,
醉眼看剑,最好挥舞起来——
超然也即你是你的自由。
正史说,唯饮者摆脱了时间。
这时,我是夜的孩子,
我在茶源的单丛里慢慢苏醒,
有钢琴声从楼上传来,
像在说一种难得的空白,

虎耳草从石缝中伸长了耳朵，
神秘于透明水里渐变的鱼。

2020 年 1 月 9 日

在汨罗江畔,我们走走

在汨罗江的堤岸上,我们走走。
我们说,一定要在这里走走,
不为某个幻象,金黄的叶子在落下,
时间在冷,再没有江河或一座城
依据史诗与歌谣而产生。江流
急下又如此平静,我们像一群盲流,
像所有迷失自我的人,望着行船,
望着清流之上缓缓飞翔的白鹭——
它们穿过薄雾,看,它们朝我飞来,
"它们是天使般美丽的灵魂,像
约瑟夫一样。"[①] 我清楚这里以一种
灵性的光辉在催眠时间里从容醒来。

2020 年 12 月 16 日

---

① 引自 [圣卢西亚] 德里克·沃尔科特《白鹭》,程一身译。

在屈子祠观画像

风雪屈原祠,清醒在于神志。
天问图或叫屈子像高扬的胡须
向天宇要一个狂歌。飘散的
是乌云,穿过风雪的是星神。
时间有一个尖锐:来者何为?
一个人首要即疑问,而有神我。
我们必然迷失自我,或者说
我们陷入无知觉的生活过于久,
颓荡、宿醉,甚至遮蔽于技术。
我立于画像前,狂风起于耳廓,
雪粒潇潇于九天,不再催眠的
世界指定有一种灵知入驻于
我们身体,如同我是我的神明
方对得起一场雪,美奂的闪片。
接骨木生长于舍外像是虚构的
守护者,这里神秘于招魂的
魅力:一个人必须在自己的历史
中明亮起来。人是必然的虚无,
历史的诗学也即未来的叙事。

当我们返身于静默的世界时,
我们的发音优异于敏锐和清晰。

2020 年 12 月 27 日

江雾

一缕缕薄雾。拭不尽的镜子。
我们的眼睛还是望向遥远——
从这里看过去,时间是流水的褶子。

身后是屈子祠,幽深到格物;身前
不远处据说就是狮子口,一个
迷离的纵身,在拨开——拨开雾,

拨开睫毛上的凝霜,拨开时间里的
沙子,以至于我是我的瞳眸,
以至于我们,出离了自己。

这是时间簇拥的幻象。由此我知道了
一个江流就是一种隐秘的声音,
这时在我身体里。我缓缓直起身来,

我在一次次的雾霭中练习发声,
并知道了一棵树的形状即是人形——
为了一束光,走出自己的暗影。

这时是深冬,适宜小酌。
那就让我先向江水祭献一杯酒吧,
关于汨罗江,我在听,芦荻的低语。

2020 年 12 月 18 日

孤舟行

从江头到江尾或者反过来说从屈子到子美
飘摇的风雨沿着时间而下,孤舟,苦楚,
疾风最知道生命的不易,一个有思想的行者,
即便漂浮感凝重也诵出求索的天问嗓音。
身体与江水融为一体,濯洗也即出离自己,
是江水的清澈让他有了痛感。痛即醒?
这或叫出尘吧。我坐在江边的大石头上看
江水涌动细浪和漩涡,看一场雪来得轻飘飘,
而所有画面静止为一幅静物画,瘦弱
子美还在划着他的船,让我们的词跟着摇晃,
以填补时间的空境。江对岸是林立的高楼,
我想到另外的小剧场,不如借鉴汨罗江波涛。

2020 年 12 月

玉笥山记

山居玉笥,也即出离自己一次。
冬月读《九歌》,该有个火炉,
杜若斟酒,辛夷木为天空采气,
微光的居室中是开阔的谈论,
我们的声音在静寂中回荡。
每个石阶都是一个瘖痖的停歇,
一堵墙以褪色的画在讲述着世界,
那些瓦砾以及先人的器皿,
在静默地关注我们——关注
我们的脆弱、任性和对时间微小的
抵抗。这里的确是一个世界,
我有着迷离眼神,越自我的边界,
弄各自的竖琴,悠然琴弦
似乎说不再记起山外的事儿了。
空旷到身体里就是给自个儿一个
虚无,不再演着甚至说着什么,
时间的潮水就以"烂昭昭兮未央"
的方式在涌来,命运的星神
在暗夜赋予启明之光,那灵性的

柔光,像飞翔的时间之词……

2020 年 12 月

石板上的酒器

石板上有我们的酒器。
粗旷在唤潜伏着的野性。
辛夷花是延续的春日,
山里。风物皆以匿名状态,
一旦探寻,旋即谜团,
像一首诗中暗藏的隐喻。
我选择九点钟的无语,
让光,最初的辨识即透过
蓬叶落下。明亮醒来。
饮谈,亦如细密的缝合,
没有什么契约就不用顾忌。
如果融入了,我们即是
彼此的一个镜像。镜中,
我们研磨身体里的咖啡。
撇开。撇开什么?
那是狗眼,它看低自然,
它有意看低我们的诗。
一切都要交给时间,
胡适说:"年纪越大,越

觉得容忍比自由重要。"
如此情景,诗自觉辽阔中。

2019 年 6 月 26 日

在想马河与永伟、江离谈论虚无感

一只闪尾鸟张开它的自由。
诗在风口,坐看云幻化的白鹭,
峰峦不再迭起,瘖痖的时间,
我们保持一种辽阔的静寂。
这是我要的虚无。马洛奇亚人的[①]
翅膀——蜻蜓的透明翅膀,
划过城市。而城市时间过于硬,
我们借这里的鸟鸣叫醒黎明。
一个人向溪水上游,意思是走过
繁华,以见山涧的月亮——
水色月亮,皎洁得孤绝,
如今不再是我们谈论的一个对象。
我们纵酒,而沉醉的是虚无。
诗是什么?蝴蝶在紫荆花上,
我还是想到马——布罗茨基的
野性的黑马。这里是想马河,
杜甫的马萧萧也消失于虚无?

---

① 引自[意大利]伊塔洛·卡尔维诺《看不见的城市》,张密译。

我们吹着口哨,没有什么命令,
唯有沟壑幽微的我们,再干一杯!

2019 年 6 月 4 日

找艾记

蜗居的人走了出来。
沙河使清澈展现另外的驳船。
她从岸上找,艾是溢出时间的
天性,纯阳端午就要来临,
麦黄色光线洒在皱绸般的水面上,
畅游之鱼披上属于它的鳞片,
——鳞抵御过阴郁的时辰。
她像在找一种丢失已久的嗓音,
嗓音里的山峰即宁静奔腾。
这时我们谈到隐逸——这透明
植物就滋生在隐逸的身体里,
它灸疗着我们的风寒和视线。
想马河是什么河?想马也即
内心的不安在突围淤塞的时间。
不再是尘世、尖叫、厌倦,
她找艾,天边的鸟儿在展翅。
突然想起"彼采艾兮"的句子,
炙热焰火在映一个人的容颜。

2019年6月13日

藤构果记

红豆模样儿的藤构果在崖上，
风中的摇摆，在崖上，一个女人的
采摘，她踮起脚尖，下午麦黄色的光线透过
她的裙衫……在崖上，这精致的现场，
和绒质的味蕾，自然之魅，
被她摘下——红色果实放在白瓷碗里，
雪白的瓷碗，震颤的玫红……
我瞭望了一下叫马鞍垛的山，险与峻
——是否有一种山野政治学？
（我想说，她不知这果实吃了喉咙发紧）
她以天使之手，我却在这禁忌里失语。

2019年6月20日

玻璃桥

从前是吊桥，摇一摇
就心旌；现在是玻璃桥，
瞬间上升的悬幻之境。
踩在透明的半空，让腿软。
我读柏拉图，理想国的人
要有还魂术以及灵魂的粮食，
绝不是一种悬空感——
在清晰的河流之上，
在滚石甚至乌云之上，
一种宿醉，生出虚无的细汗。
"没有过不去的桥。"
一种很小的鸟也即飞翔。
一个栈道也即身体里的胆识。
还能想到什么？空洞太多，
但时间为有它的岬角，
但我们的词为抵御某种危险。

2019 年 6 月 21 日

在庄周故里

在一个隐逸的地方,谈论
蝴蝶,无异于翩然了时间之上
——我决定不再顾忌地随它起舞,
轻逸的,不是芜杂的生活劲舞。
该说些什么呢?在自然的法度以内
回到静朴,像一个灵知主义者
内心浩荡,时间随之醒来,
我们即将消失的灵魂在醒来。
我在井沿上探问一种酒器,
我从碑石上辨认一个年月,
——如若没有蝴蝶的飞舞,镌刻的
或井水镜照的真实,或就陷入
生活的真实。除了蝴蝶之美
还有什么能超然于现世?
我们所梦,抑或我们忧郁之词
指定是噪音里的鱼——
游过时间之暗方有一个蝴蝶的美姿。
我像在说时间深处的镜子,
除了残酷的诗意觉醒于生命,

除了生命里的苦痛,诗在低飞,
——每一个侧影都似蝴蝶的化身。

2019 年 8 月 20 日

送信的人

1
对着转角的镜子,视域像某个幻境——
的确恍惚一会儿抑或逃逸一次,
像鱼,在属于它的水域。
听溪水以褪心中积虑?
我迷恋的星座即是空阔中的寂静。

2
这时不再记起左拉和政治。
左拉是一座城市,"在那里没有人谈方向,
就像在地狱没有人谈死亡"。
有一首诗:众神的竖琴。我理解
——山河在,即有竖琴在。
每一个人是他自己的调音师。

3
我写下了什么?仿佛一个声音
凭性情在为世界找一个出口。

4
在丝滑的世界上,无须什么理由,
自由是山的立体,问题是将我唤醒,
我即是一根敏锐的弦。这是我的秘密,
当然奏鸣时是我们的共同体。

5
你看,一队蚂蚁,在石头边缓慢前行,
我无法说出蚂蚁在建筑,但
一定有其剧情,黑暗的舞者?
一定在排演着深邃的人类。

6
彩虹道上的尖叫——女人的尖叫,
在美妙体验中旋转——那呼之欲出的
心尖,飞散的压抑。

7
谷涧水自在地涌着,在转弯处,
与镜中人交谈,他告诉我——
"光是我们最初辨认的词。"
我携带着我们的词,像一个送信的人,
现在,向马鞍垛借一匹马。

2019年6月29日

辑三 弹拨着俄耳甫斯的竖琴

入秋记

出地铁口。我有短促的张望——
不是似曾的陌生。这是入秋以后，
上升的建筑，建筑之上的云朵，
光缓缓地从树丛上飘来——
我感到那是我的一个游魂，缓缓
飘来。它迎向我，讲述我的
自由或死亡。"昨天什么都没发生，
今天还在继续游荡。颓荡。"
我感到我和他在对视，深深对视。
身后是消失的铁轨、跳帧的人。
"不，生活有绝对的虚妄"
在一个变冷的世界，我在这里，
或者说，在任何一个地方
我是我行走的真身。我不确定
自由能不能化为白露，在某个夜
播撒在楼宇间。它长嘘——
"自由是被你抽走的一根肋骨。"
在它的视域下，我有微微的倾斜，
眩晕。像轻逸的秋风刮过的

一个个夜晚,它眨着星星的眼睛,
我坚信并弹拨着俄耳甫斯的竖琴。

2018 年 9 月 12 日

犄角记

过隧洞,也即过群山簇拥的
隐逸。渴望之书上说,
我的眼睛向着云朵要一个出口,
生活就有了犄角。每一朵
云皆是诗。诗即不安?
我走向丛林,这时跟在牧羊人
身后,决定把诗念给他听,
而他又聋又哑,除了羊群的演奏,
除了湿漉漉的草丛上的朝露。
我感到了词的虚无,当天空
因静寂而明亮。这田纳西!
一个人也可以是越过边界的鹿,
我该做些什么,或者什么也
不做——给梦幻以现场吧。
我感到我的虚妄,想起很久前
谁说过:面向群山而朗诵。
当我念到街巷、冷峻的面孔、
地铁口吐出的人群、拆或者建,
念到切尔诺贝利、过多的禁区,

我感到喉咙里有什么在奔突。
诗不安啊！诗是弓也是琴？
这一回，我真的是错了。我
突然明白了索德格朗那一扇门，
"寂静和天穹是我神圣的世界。"

2018 年 9 月 13 日

竖琴记

我从竖琴中醒来。我弹奏的
秘密的灵魂从惊蛰中缓缓醒来。
真的把蛇变成天使?那么
好吧。在沉沉的黑暗中听她歌咏。
很长一段时间,我都心存一种
假设——倘若我不再抱有爱,
会是什么样子?不是被时间吞噬,
而是迷失,迷失。纤细的手指,
我的灵知主义——每个事物
都有它们各自的灵性,它们睁开
眼睛。一个人向我走来,
一群人缓缓地微笑着向我走来。
我弹奏,我感到即将消散的灵魂,
暗夜里苦涩的星星。每个人
以他的声音,而不是以他的命运
活在故事的结尾处。没有别的
意思,除了琴声拨动的大海,
除了大海上鲁滨逊的帆船,除了
帆船驶向的岛屿。我梦一样

述说着，几乎忘了我手指下的

喑哑——世界如此，我在弹拨。

2018 年 9 月 14 日

禄马桥记

每次经过,都瞥见奔腾的马,
——那蓬勃状的雕塑的马,仿佛
过了这个桥,就有一种驰骋,
或一种理想的光景。光线穿过
城墙,也穿过我遐想的天空照彻
温润的河面——这里即将被
城市围拢,围成一个念想——
的确我的念想里像诗。诗即出口,
或者说诗也是自由的一个渡口。
问题在于我们习惯了城市的催眠术
之后,还能去哪里?我的骑士,
我如何向时间借一匹马?这时
我是游离的音节,"我从外面的
黑暗中走出来,不,是进入"
我发现一个有着极好嗓音的女人,
我们在那一瞬的光中活过来,
渡河、篝火,倾听她悠远歌唱。
这的确像禄马桥的梦境,越过
桥,就是朝向四面八方的风,

就是假道梦境的那一匹枣红色马。

2018 年 9 月 14 日

影子记

即便像此刻一样的清晨他也感觉到
影子在尾随着他——此刻他遇到
蓝狗的眼睛,那一双眼睛不是看着他
而是审视他身后的影子。他走过
小镇、城区,波浪推动他航行,
他感觉人这一生像是完成一个变形记,
就像在诸葛庐旁那个镜像馆,他借着
镜子里的影子,嘲笑过自个儿一回。
"我将把我的生命置于我的凝视里"
——好像是这么说的,清醒即神。
为此他坚定地迈开脚步,风清晰地
吹过头顶。生活在使用着建筑、
咖啡、烈酒、女人以及漩涡,这些
或隐或现的背景——但愿都是上升的
风景,影子葆有棱角分明的脸谱——
每一个人都在路上,诗在远方,
他自然,或被一种超自然的东西推动着,

为了命运，"灵魂弹出晚来的箭镞。"①
他不确定影子是否充满味觉地跟随着他，
"为什么阳光下影子有着清朗的形象，
而阴郁中影子是个谜？"他知道它
一定不会走远，或者就在身体里流浪，
他堤防着这样的坏天气，像堤防着
一些坏影子。一定将时间映在光芒中。

2018 年 9 月 15 日

---

① 引自［德］保罗·策兰《在一幅画下面》，王家新译。

马鞍垛记
——给飞廉

捕风人从水乡来,也叫归乡。
鸟鸣穿过两省之暗,展开晨曦。
凤凰是身体里水的化身。
山地柏以本地的呼吸为天空采气。
溪水相信响马是我们的诗,
语言蓬勃于山河在和梦醒。
白鹭或白鹿的灵动像划开夜的残影,
"我们只为闪光的一瞬而活。"①
我们隐逸在林间,换言之,
我们多数时候是城市的抗争者。
酒散发着热烈的味道和欲望;
酒饮下时间深处我们的友谊。
一个个山峰诵出嗓音里的鱼;
诵出星河里横渡的船只。
我们在倾听一首无法抗拒的塞壬之歌,
我们是早已跳下水的水手。

---

① 引自[斯洛文尼亚]托马斯·萨拉蒙《漆》,赵四译。

未来的卦象里你是一头狮子,
你清好了,最好清脆些,你的嗓音。
花冠女神一直微笑着,与光明对称。
空旷,是我们敞开的胸襟,
马鞍上生长远方和我们的俄耳甫斯。

2018 年 9 月 18 日

收芝麻记

"人嘛,都是一粒粒的芝麻,
被世界捡回来,有了金贵的命。"
这时,芝麻任性地蹦跳,
从大地,从一种渴望中脱颖出的
芝麻,在我们的眼前蹦跳。
我感到我生命里的风景清晰地
在被母亲诉说甚至"唠叨"。
她拍打秸秆发出的哗哗声伴奏了
芝麻脱落于大地的清脆声。
看吧,当世界倾情于纯粹的声音
便不再纠结于火车、鬼片、谜。
我们在这声音里复活,更多时候
我们游离,在遇到难题时,
轻唤:"芝麻,开门!"
我感到芝麻会叫你说出你的出身,
你信不信,你和它一个种族。
我们游离,遇到的或许皆身体里的
异己——他们做了些什么?
还是多些动人的凝视吧!世界冷,

太鬼魅,那些芝麻小事将鄙视你。
芝麻就像星星的一个暗示,
就像一次我遇到陶渊明,他在说
"清琴横床",似隐似现,
相信生命的小和自己的南山。

2018 年 9 月 21 日

颍水记

过禹王像,仿佛倾听到巨水——
无比宽阔的想象,在我看到
马踏飞燕一个瞬间,化为颍河细浪。

颍河岸这时被蔚蓝的秋水映照,
像一种最单纯的存在。我们的存在。
不再是胶片感。"时间太快了,
它收服水,也收服了我的野性?"

"其间你的变化在于知我。"
我望着浩渺,定静了一会儿,
想到这是远古禹王治水兽之地,
据说,禹击退水兽耗尽心血,
他的"女娇"也变成了石头。

秋风吹过耳廓时我有些微的战栗。
这时水清澈到能看见自由鱼,
"那些水兽后来都去了哪里?"
"或许是魔界,或许人的身体里。"

颍河水以极其细微的浪涌动着，
仿佛融入了我们断续的交谈——
"身体多景致，如若打开秘密。"
"除了水性美，还有一种危险？"

几十米之外，各色车辆还是飞快，
再过一个多小时，或者更短，
中秋月就将从水面上升起……

2018 年 9 月 25 日

八月十六夜在苏轼墓前记

墓园的夜也即永恒的边界。
而月亮所做的是在这个浓云遮天的晚八点,
我们站在碑石前时,她探出头来——
月亮缓缓地像云簇拥的剪影,
在一个人的山河里,照亮时间。
寂静的轮廓是从树梢或土坟向四周蔓延的
空旷,以及空旷隐匿的神秘
——穷尽旅途后的神秘。
这时我立在他前边的空白处躬下身子,深深地
躬下我卑微的执念之身。
没有风,时间深处的静像是定风波里的麻叶,
被清凉包裹着。雨声,的确是雨声
在毫无征兆、在我躬身的一刻
"哗哗——"而来,仅瞬间,像是一个错觉,
但我知道,我们没有错过一个自然之谜[①]
——的确是雨声,但的确没有雨。
在这夜的深邃里,我们像是一个游魂,

---

① 郏县八大景之一"苏坟夜雨"。

探视着我们的内心。一公里外
是公路，二十公里外是城市以及繁华
——诗没有出口。诗找不到圆月和晴朗的雨。
这时，我们确切说就是诗里的游魂，
在圆月的天穹下，举起了杯酒
——向他，也向我们抛开的现实和恍然的梦境。
"明月如霜，清景无限"——
我们在他的无限里，得到了一个有限的游走，
我不确定那神秘的雨，是否在说，
"世界的意义必须在世界之外"，
柏树仿佛晃动着，一个世界晃动着，
我庆幸，视域空旷，视域是秋暝里的空寂。

2018年9月26日

聚酒记

杯中酒的大海。一片现实的细沙。
众神的竖琴。"我像流亡归来，
我有太多沉默和呼喊，在路上，
我披着星星，在陡峭的山坡，
我想到过另外的出口，在地铁上"
……我们阔论，又像真正的饮者。
在各自梦境漂泊。漂泊神啊。
眩晕，不都源于酒。细沙细沙，
一迷路，就陷入假象的沙盘。
始终不丢弃的是我们信任的嘴唇。
已经有人说到诗，"诗很小，
芝麻小的东西。有时撂在荒野、
迷惘，甚至咖啡与女人、极端
和敏感之上。""一扇门啊，"
我们争辩，在杯中酒里飞翔——
飞不飞出去不重要，有没有翅膀
关乎现实的朱雀。有人眼睛
红了，但红一次又有什么关系？
酒烧不到现实，一个人的处境

也跑不到酒里。如果说酒是一条
河流，我们饮下的就是波浪——
我们"烧酒初开"，我们
形骸放浪，我们在自由的酒里——
放浪是革命性的，像诗的长相。

2018年9月30日

四棵树记

我对自然还是知之甚少,
譬如,四棵树和它密致的
落叶景致,是否意味着
时间就是一匹野马?貌似
入秋以后,石头从梦中醒来,
叶片在大地奔跑。空山,
空如斯——来这空中敲门的人
有没有一个云脚?银杏叶
铺展的晚来秋在翻转冷冽焰火。
一队蚂蚁在石板旁缓缓爬行。
我在山崖上坐了整整一个下午,
似乎身体里的街衢繁琐
和这里的空旷在博弈、濯洗,
如果有幸开窍,我会抛开
更多。是什么又在悠悠扬扬?
空茫之秋,我抬眼迷蒙于
远山也在近前——我也像打开
山门的人,拥着四面八方的
风,想起伊迪特·索德格朗——

"寂静和天穹是我神圣的世界"
那声音在我起身时慢慢罩下，
一丝细小的凉意，这时像知觉……

2018年10月2日

黄背草记

湿雾褪去似乎是一个瞬间,
一只狼和老猎人同时发现了对方,
他们有极短暂的对视,这间隙,
老猎人略带兴奋地举起了枪,
像往常,枪召唤着他狡黠的手。
在搬走岭、尧山乃至白草坪一带,
枪一直在召唤着他捕风的身影。
他瞄了瞄,准星对着这只孤单的狼,
来不及呼吸的瞬息间,枪响了……
可是,令他愕然的,那准星线的
尽头竟然出现了硕大的孔雀屏——
其实,是长着孔雀羽一样的黄背草。
"我的狼呢?"他跑上前去,
那一团黄背草后面是更多的草羽,
"中了啊,哪有从我枪下溜掉的狼"
他提着枪,在没腰深的草丛——
那辽阔的黄背草坡上。狼没有再现,
老猎人,他在黄背草丛也再没出来
——老猎人的消失至今是个谜。

那个秋天风声紧,小猎人怅惘地
寻找父亲,他一把火烧了山坡,
黄背草发出"啪啪"鸣枪般的声响,
那一夜村人好像都听到了狼嚎,
有人说,是头狼叫着他的狼在搬走。
那之后据说是第二年,满山的
黄背草貌似是一夜间又长到没腰深,
一到黄昏,一只狼就昂首于山巅。

           2018 年 10 月 3 日

观水石记

河对岸有人在放牧着一匹白色的马,
她这时站在水边观望姑嫂石——船状的天然水石。
水由河道而来,由窄而开阔,而成湖或海。
那"船"在浩渺水域之上一动不动;
那白马在一片湿地上也似一动不动。
她感到安静极了。是草而不是水发出轻微嗦嗦声。
身后的水岸或者说草丛,有大大小小的墓群,
那些墓在下午的水色世界显得安逸——
有碑或无碑、草坟或水坟,被生者付过账的亡灵
面水背山,也可演绎说枕着远山脚跨大船
——像极了人类风摇水动的向往。
她掬一捧水,似乎又向眼前辽阔的水洒去,
那屹立的水石或行将开拔的船——
如此轻盈的梦,像一个仪式,而不再是传说。
"挽在水中央就足够了。"她凝视着水石。
"人活着都不能常有这风景,死了却守着这里。"
她谈吐之间,那匹白马已不知去向……
我们也走回土石路,这时飞机划过天空的白线。

2018 年 10 月 5 日

地质观察记

要先考究眼睛里的一粒沙,历经了
多少泪水或波涛,才摒弃真理,
而相信世界的触摸,是咬合的人生
岩石。岩片在破碎中变得缄默,
这自觉的形式是弧线,也是路线,
——不是你拯救了脉象,是世界在
拯救你的贫瘠。在地理分布上,
有个地质作用问题,"作用于你的
是我情质里的眼神、抚摸和冲动。
有冲动方有火山。熔化是结构性的
地磁运动,熔融即彼此给予柔软。"
譬喻好像镜子,亿万年前流下
的一滴泪就是岩画,打动我的还不
只镜像。是舞蹈,我们身体里的
舞蹈从粗犷演进到微妙的细节——
莫扎特的伴奏曲,是否有翻江倒海
或沧海现山的煽动?见山是山,
见山也是海,最好的释义不如在
山峰的沙石上坐下来,风吹过山口,

也吹着沙片——那泛红的、蓝紫的
细浪的嘴唇一经说出是如此鲜明。
"它在把历史变成神奇的地理。"
我们将在高山之巅捡起遗失的碎片；
我们将在大海倾覆里认出我们的路。

2018 年 10 月 6 日

孤僻记

入秋的几场雨一而再地下。孤僻
从一个工厂蔓延到我们身体里,种下
荒谬的病根。雨还在窗外继续下着,
木焦油涂过的屋顶,一时安稳我们的喘息。
——或许只有故乡的树是辽阔的神。

这时,小众媒体的映像里,一些人
无助地调侃:艺术嘛,
就是扭曲、曲张、张扬、扬尘、尘埃如
我们,以及我们爆出的一根筋。
我还是想起故乡:原型如初,时光静朴。

似乎,回不去了。我们的身体,
和麻醉的孤独,在每一天接受新鲜的歌唱,
那市政前的盲街。伤口不是出口。
我再次想起故乡秋水长天下的蔚蓝。

为什么是生活,而不是诗。
为什么是诗,而不是一首田园曲。

窗外的雨下得更起劲了,它恣意到无我的
境界仿佛在提醒我,悲怆是子昂,
也是布罗茨基的野兽。

2018 年 10 月 8 日

读《漫游者》记

"循着这些词语,蛇在变成天使?"
一些清凉,修复过身体里的风景
之后,荻间雪或水泊痕,愈加显出
清澈的眉骨。我翻到《漫游者》
第89页,想起他——那隐者般
"歌唱或抗拒着与自然融合为一"
的人——获救之舌或清明的心。
多数时候是另一个我和我交谈,
他谈起过世界始于单纯,我因此
有勇气在我们的路途挑衅黑暗
——漫游,也即在反超词的近道。
已是深秋了,昨天我出市区,
在眼明寺山上,感受"褪色的冷",
感受在开阔的不遮掩里,与自己
相遇。我赞美过这薄薄的呼吸,
就像赞美过孩子清清的眼神。
荆的蓝紫花有着秋后依然的蓬勃,
它们也在《漫游者》的某页?
我断定它们没有嗜睡的坏习性,

紫色的火焰在它的自由中。小小的
星子，飞动的梦，漩涡中的桨
——每个词都似虚无，但我清楚，
所有的隐秘皆是大海深蓝里的真实。

2018 年 10 月 20 日

观红牛记

他在一个细雨的早晨快跑。汽笛
不等于竹笛。恍然是这一群牛,
一群红牛,恍然是在云朵之上浮游
而来,而找到他在一个非牛耕
时代宛转的蜃景。这群牛注视他,
注视着他不握鞭子空空的双手。

他几乎就要转过身去。他转身就是
高铁、地铁的入口。太快了!
这时像是雪花落在他后脖颈上,
他有了新觉识——那个牧牛人呢?
他第一次的挥鞭,真牛也——
第一次真舒服,就像第一次抽烟、
喝酒,第一次遇见的那个女人……

他的快跑,在这个早晨有了我们
回味的慢镜头,"他一定是属牛的"
"不,时间的红牛都成为了牛人。"
即便雪花肉就酒,也不再是东坡

《和陶饮酒》"独立表众惑"那个茶肆。他转身消隐于我们的快跑里。

2018 年 11 月 19 日

波浪记

"你是时间之上浮出的嗓音。"
除了干净如晨光携着你走过街巷
的确别无波浪为另外的波浪而动摇。
在一个充斥了媚术和灯红酒绿的
江湖里——诗,即持续的失眠。
我由此坚信你的嗓音,隐秘的天使,
为了时间之门,给夜以篝火;
为了冬夜的旅途唱出内心的圣歌。
明天将会出现什么样的景致?
如若预设,暗礁、魅惑,统统见鬼吧。
时间是我们的忍者,也是爱的痛点儿
——你的偏执里有我的岩石,
打开窗,还有什么可怀疑?
生活的不对称,在于你的忧伤,
而这必然的日子必然为了爱而生长。
我指间烟,明灭的火星几乎烧到手指
——醉也即醒——我们要做的,
不是"歌自苦"以及"各自苦"
——冬天就要来临,

急切的嘴唇,是一个词暖着另一个。

2018 年 11 月 20 日

荆花蓝记

我的记忆里依稀有"荆火"——
在摇曳着,那燃烧的红或蓝的火苗,
在荆被伐和点燃之后,摇曳着。
并不知道荆花,是这么小。它弥漫着,
九月的山坡在空寂中始获灵知。
我在它的灵魂里,感受清澈,
感到星星在自由散聚——驱逐时间之暗,
就有一种诗的天空感。荆的紫花,
也是诗的自话。或许,荆的野性很早
时候就唤我。我的野性被唤醒,
一些词(或者说这荆花蓝),没有理由
不使眼睛看见光明——即便星光。
"几乎一开始它就为一种完全独立性
而战""黑暗中一切都在扩张。"
这里借用了苏珊·桑塔格的一个隐喻。
荆花有星烁的天性,就像我们的词
有敏感的灵异。但我愿意这样——
不假借世界的颜色而任凭它安宁地
摇曳着,在我们过往的时间里。

2018 年 11 月 25 日

饮茶记

我们谈到叶脉遇流水是把南山
作为一种比喻。似暂时隐逸。
这时我们的微信猫叫着、叫着多伦多。
在城市久了，就难以记起石泉，
或可借一把提梁壶解开身体里的迷津？
水声，也即自然之魂
在风轻浪白的交谈中有了真身。
你端坐对面，想象里刚从狮峰归来。
群山环抱中的人有一身清逸
——春歌流水、花木半沉。
我感到又清醒了些，汽车在窗外的
街道上飞着、赶着、追着，
我像看见了什么，事实上什么也没看。
茗，也即明吧？我在歧义中懂了
苏轼——他的"石泉槐火一时新"
真切于内心的那个清明。
懂了一叶一世界，绝美的听者，
在卸去身体里的枷锁。

2018 年 12 月 7 日

野蜜蜂记

我要在这沸腾的大海上静下来。
时间为清澈而生,不再是无序,
一条鱼因有了自己的鳞片而自由,
而有一个水域。我不再沙哑,
那个深蓝上的眼睛,不再是漩涡。
我轻呷一口毛尖。浸入苦涩的冥思,
世界是什么?我有清晰的念想。
但一首诗在我们的城市聚不起来——
一些短语因缺少明媚的注脚
聚不起来。我需要拢合一篮子
不走失的桃子,酝酿一个词群曲。
我相信持久的事物里的神性,
相信身体里的明澈、即便不完美,
事物有它的星河和鹿鸣。
子夜弥撒的安宁,也叫明净。
说到夜我点支烟抑制一下坏脾气。
我回过神来望大海,我想问
"你的大海是什么?我是我的辽阔",
诗以其词簇,在投向深渊,

诗，像冬天的野蜜蜂，不接受荒谬。

2018 年 12 月 9 日

感动于星河在亮

酒后的山显得摇晃。我扶不住
迷蒙,沿一条宽阔山路散步
也叫散酒。世界感动于星河在亮
——大山之上唯有的星河,
每个星于开阔处独立,又彼此照耀。
我以我的醉眼,说醉话,
醉即正确,我即星河之岸的眼睛。
观水,水逝时间——
每一个真正的人都是时间上的星宿,
匆匆走着,憧憬或者隐身,
有时不得不给黑暗以诅咒,
有时在沉睡中为了再度苏醒
做一个奇特的梦。我好奇于
星星有什么样的面孔——
人面狮、独角兽、鸟身女?
还是人模人样?在无边黑暗的
三更天,各自舞,或站成肃穆。
是什么已不再重要,即便是个流浪
牧人,被城市挤压得失去牧场,

这里也兑现你的青坡青草。
你是你的妖娆，这也等同于
山河在，星辰变幻出另外的天空。
我貌似更醉了，被山风吹着，
星河像波涛之水，不对，确切说
流动之火有了词语的形象。
曾经，过多的时间里我们失去了它
——被捻暗的人，我有理由
拥着这个夜，"我是我的星河。"

2017 年 8 月 27 日

陪嫁妆村

在陪嫁妆村外的大榆树下，说到
爱，说到爱即苦。故事，封在窑洞，
也封在身体——在我们身体里
就像自知的鞋子。似乎什么也没发生。
山门内尽显寂静，即便摊点前。
我像青石板路上一颗石子，
曾经纯粹的山居生活，早已遥远。
陪嫁妆陪的是什么，已不重要，
星光退去后，生活就是城市高杆上的
一个照明灯，走路也貌似一个习惯。
再次说到爱，爱即街道上的盲点，
而不再是我们山上的篝火。磁性的山，
想一想，从一个人变成另一个人，
它还是不是同一个眉眼，或野莓果。
有人问我，从哪里来？该答曰
这里呢，还是那里。我们是偏见
弄偏的榆钱儿，在空中飘荡，在找
属于我们的一个田纳西、坛子。
这里真静呵，庭院的人沉默地坐着，

或劳作。静，不合时宜地蔓延，
我不合时宜地瞎想——似乎这时能
瞅见一个异己，或悖论的题——
为了虚妄，腾空记忆；为了石板路
我腾出午后。几乎忘了爱即重生。

2017 年 8 月 2 日

净影寺

一定是一个地方与自己相像，一定是
旧砖勘破红泥之后，峡谷洞开另一个风景，

时间由空旷连续修复，时间
搁置在这里，不担心迷途，
如同飞鸟，从不担心它的光明。

一定是石像把时间冷下来。
每个人自成世界。

不想要它传递什么，包括渡劫人，
包括色彩、空白。摩崖上的悬念、欲念，
影影绰绰摆脱不了身体里的麋鹿。
秘密在于——心往或抗拒，自个儿给出口。

一定是一个世界收容了另外的世界，
净我的影子，如同净你的城市。
一定是抛开那些晒黑的现实，即安宁。

2017年8月17日

在汉画馆

一个细腰的女人,成我这首诗
的开头。我貌似在听课——
那个授课人是谁?初冬的石画
刚收起舞蹈的手足。世界静下来。
静谧,如同世界躲进了石头里。
不躲能行吗?蛊惑太多,
你看那四个人戴着假面具,像兽头;
另一些人在田猎、弋射,风声紧。
我不知道我还能说出什么,斗牛
搏狮,据说一狮被击败而逃
——狮即困扰你的黑影、黑时间。
据说鲁迅当年收藏了这个石片画,
我却做不了画中人。我只是个
漫游者,偶遇到了我的俄耳甫斯。
我清楚,社会旋涡过多魔方,
我不会舞乐弄杖,不会逐疫升仙,
我在这画中指认另外的现实
——见鬼去吧,那些生活的黑铁。
我领着我的鹿,我是我的犄角,

我看见更多的星河、星宿，以及
大地上的朱雀——为了将黑暗
驱散，把飞翔的明亮带进我们的
诗歌。为了执盾，我给我的词
一个松绑的理由，没有什么幻境，
充斥假象太多，石头也会说话。

2017 年 11 月 15 日

在卧龙岗的草庐下

有时,想到黑暗里有一孔光在明亮着
就会轻捷地摇晃鹅毛扇。每个人,
内心都住着一个隐士,但并非每个人都有
一个出口。我在草庐下偶遇初冬的寒,
想问围炉痛饮者何在?问了不如
不问,风朝哪个方向吹,雨都倾斜着
注释本地的演绎。寻找夺人心魄的影像
等同于寻找一场雪——雪融太快,
还是寻找自己或者身体里那个异己靠谱些。

遁迹,也即遁时。时间的缺口是个谜,
出与入之间的不同在于辽阔给出另一个我。
关键是梦始终醒着,醒着就不愁
风云里有好酒,还有锦囊。暗时间多
——即便乱流中,我还是我的真身。
这些年做一个隐忍的人,庆幸我拥有光亮。
我在他的院子,见生命注入石头的肖像
仍然有一些神秘——不想提起
神秘的"隐逸",我担心另外的漩涡……

2017年11月12日

辑四 小峨眉山上多出了大海的蓝色眼界

小峨眉山下
——给臧棣

在一个地方待久了，就会失去假想的
列车。那就索性坐下来，看瓦松
透过夹缝长出眼界。秋草这时死了一半，
小峨眉移入诗中给视野一个高度。①
我因此从未因其小误了登临，一座山
是一个奇迹，而一个人就是山体。
眼睛里的辽阔——东坡蓝在上午出现后，
山，开始神似于宁静在奔跑。
命运是什么？我坐了有一袋烟的工夫，
想了东坡"他年夜雨独伤神"②两次，
一种植物是否"编织了我的大惑"③。
命运赋予一座山而不是另外的山神秘
友谊，他的时代不再是我们的街坊，
但我们倾心的蓝，何曾不是一种暗示？
远离了喧嚣、专横和欺瞒，连天真

---

① 小峨眉山：指河南省郏县小峨眉，东麓有三苏坟。
② 他年夜雨：苏轼《狱中寄子由》诗句。
③ 引自臧棣《诗歌植物学》。

都会放大到筋骨草的一个尺度。

山在，山又不在，小峨眉在词的深度里

有可能是一度闪烁并到来的魅惑。

2015年9月26日

从坎布拉到广庆寺

——给西渡

从坎布拉到广庆寺[①],高原的天空反转着
海。这让我一时忘记了世界
还有更多的坏天气,霾与社会旋涡的铆钉。
东坡"西望峨眉,长羡归飞鹤"[②]自由
也就是每一次流寓所描述的风景,
十之八九借以脱缰的思想。我们在浩阔的
蓝天下,像摇着时间的一个线索
将神秘的黑词从青海到这里不改变天然的光亮。
任性是诗歌的表情,相似性不在于
我们的头发和沉默时的下颚,当需要
一幅肖像,野性的马背上,
我们挥动的不是云,是向彼此撤离。
我们随身携带的粮食不够时[③],就在这样的院子
向时间要回隐藏的乐曲,索居的康德
一再提到飞船、权利,它创造的人类是

---

① 坎布拉:青海地名;广庆寺,河南郏县苏坟寺院内的一个寺院。
② 引自〔宋〕苏轼《醉落魄·一斛珠》。
③ 西渡有句:"我们随身携带着粮食,爱情和花园。"

自由的。苏轼的词是自由的,小峨眉山升腾的蓝,足以让我们拉一把椅子……

2015年10月8日

九月十二日，三苏园之蓝
——给蒋浩

"蓝，是一种邀请。"这样说
是听见天空松开了绳索——
清晨从白云出发，你跑出你身体。

蓝，是明澈有了一个镜子，
一个诗的族类必然来此。臧棣说——
"曾向世界的借口借过一匹野马。"

这已不再是偶然，时间等在某处
或未来，我们在小眉山下不再是偶然。
时间扩大的荒凉被你提问过。

他的那句"天容海色本澄清"[①]，
像过滤了不再焦躁的蓝，给时间敞开，
给甬道边的茂密以语言的线条。

---

① 引自〔宋〕苏轼《六月二十日夜渡海》。

这样说，在于神秘遇到了它的音律。
关键是我们在这里，这里即启示。
东坡的白云属于少数，少数未必不是

我们对天空的选择。是的，
我们向时间要一面镜子，向蓝致歉，
蓝的深度，在于一天又非一天……

2015 年 9 月 16 日

广庆寺[1]

——给飞廉

读《苏轼年谱》，阶级跌宕。
后来我坐了下来——在他与世界的出口，
小峨眉山上多出了大海的蓝色眼界。
壮年苏堤自然异于落泊、投荒、千里筹银。
一个人自由的尺度是任何处境都不失却内心风景，
这让我相信了流寓约等于游历。
论竹子说到拐杖、竹影，窸窣声中我更看重
吹箫人的节奏。秘密在于越走越轻。
微信里的寒食帖，我看了，加印过多，还是
剔除些颜料，回到庭院的素朴。
我第一次来这里时，就觉得，出了世界了——
仿佛一条河的尽头又回到水流的源头，
除了脱落的画，我们可以是另外的时间，仿佛，
不必再找词语的心经。就这么
多坐一会儿，什么也不想地让身体空出来。

2015 年 10 月 13 日

---

[1] 广庆寺：苏轼死后被僧人超度的寺院，位于河南郏县三苏坟。

冬日,与飞廉观白龟湖而作

我们在这里,这里就碧蓝。
白龟湖的解说,衍生了西湖的
鱼尾纹。一束光落入
我们的词,在辽阔与苍凉之间,
有我们的低音区,我们
用它,挣脱苦日子里的锁链。
除此之外,我们能有什么
理由融入这隐隐的浩淼之气?
我们从不同的地方来,又
到不同的山上去,水鸥飞过
水域,我们带回我们的词,
"最重要,学老杜如何用情"。
如同你钟情于凤凰山,
我在我的红石山上画抛物线——
这刻上我们声音的山,悬我们
天狼星的山,关键的,因诗
多了另外的假设。若是
在时光的支流上,我们必不惧
漩涡;如若陷入冰河,词语

的歧路灯送我们抵京城,
不,是回到我们岁月的山城。
这时在这里,我就是我的水势,
你把它连起来,此水和彼水,
你就是老杜"江流石不转"[①]的
阵石。飞碟旋转在明澈之上。

2015 年 2 月 21 日

[①] 引自〔唐〕杜甫《八阵图》。

在苏轼墓前

清冷的寺院。东坡在唤我们,
我们在唤内心的山。一种
词的高度,缘于世界冷而有了
远离一切的孤独感。

苍凉中的辽阔,诗歌的王!

整个冬天我没来,貌似习惯了
在温暖中打发时日——我是
我的麻醉剂。再一次我的笔尖吮吸了
松风,再一次,我为时间之爱……

如东坡,在不尽的三更天,做个
酒鬼,狂歌。一个未来骑手。

我们也游历过江南、海南,
在我们各自的山上隐居。
在谈到放逐时还是忍不住喝一杯——
黑暗的光坚韧,词坚韧。

没有相似性，仅有的是脚下崎岖。

仅有的时间给出我们的山体。

2015 年 2 月 8 日

在博物院谈及《左传》

从兽面纹上找困兽犹斗①的表情,
我眼镜的倍数貌似小了。
到处是生锈的时间,戴过的面具,
我自鲁国来,却再也回不去。
据说,彼时就有了一种兽皮面具,
以掩饰,让人耻之的谎言。
表象多数是誓,不得不信服,
间或化在酒里,醉了情商高的人。
一把断剑的宝藏一旁放置着酒器——
莲花壶,方壶,云纹铜禁,②
振展欲飞的翅膀。飞翔吧,借助酒。
禁,你知道吗?意思是坐在
案子边反复谈饮,以至使云雾升腾。
这多么神奇,一些面具缘此受用、
沿袭,甚或干脆化作人的脸,

---

① 困兽犹斗:出自《左传·宣公十二年》。
② 莲花壶,方壶,云纹铜禁:均为河南博物院镇馆之宝。

狼子野心①地制造莫名事端。
耻之的人，再也忍受不了这种
会盟与征伐了，扯下面具，
草舍归隐，抑或不惧一生的流亡。
扶桑，玄鸟，马，小吏②
弱弱的事物里饱含着冷暖，
我们的词赋予各自表情。当我们
从《左传》里出来的时候，
我和我的车，又当了一回东道主③。

2015年2月7日

---

① 狼子野心，出自《左传·宣公四年》，后喻凶暴的人必有野心。
② 馆藏的壁画图案。
③ 东道主，出自《左传·僖公三十年》。

风吹过街角

居住了三十年，我依然深爱这懒散的街角。
在郊外，不再有风清扬，我在时间的瞭望里，
我只想要风吹一下，头发吹乱。穿过很长的街道折回。
南街的古建筑在我停下脚时，
有许多琉璃瓦，携裹着眼睛发出异乎当下的光，
普照文奎楼、孔子庙的苍凉。
一道街的墙上半脱落的文字在呼吸时间抹掉的无限事。
柏树行不见了柏树，时代忙于拆迁与建筑，
人们流水般走过，久了也懒得诅咒，甚或记忆
一个城紧箍的这一片景天。
在这样的地方很容易暗捻着身体里的疑问寻求一块砖的来路。
四根柱子上的石图案不知道激动过没有，
它是寂静的，深居的那种寂静。
我擦了擦镜片，每个人在这上边都能找到对应的图愿。
我只是站一会儿，
在出口处瞟一眼后边的老校区——我早年读书处，
风吹来，这时很卡夫卡，檐角的风铃摇醒我。

2015年1月22日

那个驳皮绿漆大门

门还是那个驳皮绿漆大门,敞开着
我 N 次进出时的张望和紧张。
你们都去哪儿了?
黑板上粉笔绘制的地图,
在每一堂地理课上让我飞——
我的地理老师叫薛瑞玖,
他讲授不同颜色的大海,
他像一把自然的钥匙,给我连绵的山,
我做梦,看见我的远山奔跑。
政治是一道难题,
我的老师粉笔字工整得像他
讲解的唯物论就是唯一。
唯心另当别论吧——这是我的社会
漩涡赐予我的一个哲学定律。
数学差,我的数学老师刘尚珍神算般
挥洒着那些数字间的勾稽关系,
而我不过是 64 分的笨牛。以至
如今都弄不清计算是何物
——这或许并不糟糕。

院东的那一排小房子,不知道还在不,
我瘦如小树,在你们眼前晃动,
接受光照,丝绸般的微风。
你们都哪儿去了?
还有同桌的那个人。
我是我的现实,过多的岬角之河,
我眺望,身体里的灯笼。

2015 年 1 月 25 日

十字梁交架的会馆檐角

在这小城居住三十年,第一次来这里。
但时间褪尽颜色。
刘继增告诉我,碑文全无。
这等同于给了我没有二维码的空茫感。
残片脱离它栖身的根源。
指定有一个戴毡帽的人,一个披蓑衣的人;
光鲜的人,躲藏的人
——意思是不同的人,在相同的时间,
宴飨,看戏。
我从窄门溜进,想看个究竟,
十字大梁交架的檐角下,
几片蛛网飘摇着,收走了戏楼上的余音。
雕花、雕刻,像默片电影。
不见赶路的人——
这中途之院,还原中途人的自由之身,
外边的世界没有谁说得清。
遗憾的是停留总是有限。
"去更远的地方,我们恐怕不能应承。"
这让我忍不住向外边望过去——

河沿，树，不同的高楼，车辆飞驰；

一个骑自行车的白帽人；

一对恋人不顾汽笛声地拥着啃着。

这只不过瞬间，貌似什么都没发生。

2015 年 2 月 1 日

太阳石之爱

淇水湾的黑岩礁,帕斯的太阳石——
在晒黑的现实,"菲丽丝和我在一起"①
我们是麻雀畅饮的光明。被海风吹送着,
有限者的夜也即逃出一节时间。
时间说"镜子已经认不出我"?
我不在乎镜子,关键从鱼的自由中找我的鳞片。
敢于去爱,所有的白天和夜晚
或许并不重要,相对于有一个自我的海岸线,
另一个我就是另一次复活。在金星与月亮
诞生的一个海,据说有四重维纳斯,
在白色沙滩一棵倒下的椰子树——倒在礁石上,
我惊奇于它又折而向上长出姿势——
太阳石说:生命向上,一切皆为桥。

2016年8月9日

---

① 引自[墨西哥]奥克塔维奥·帕斯《太阳石》,赵振江译。

山河在，兼致瑶湾杜甫

　　国破山河在
　　　　——杜甫

山河在，是琴弦般的在，
是高贵不需点缀，独自的在。

一个笔架，N 种漂泊。
我推着我的波浪，像松针
尖锐于细密的微现实。

我是黑暗里的反光，我落雪，
在和语言的搏斗中有一张
清瘦的脸，先于词。

我感时，时间里有无数空洞；
恨别，别的世界一样暗。

我就是一个失明的人，
在不可能中捡回可能的石子、

梦的地图，还有迷宫，
像城市蛛网似的蒙蔽圈。

山河在，就是滚滚的石头在，
让我跟随来，有热辣辣的
快感。我是我的陷落，
我有第二个节奏。注射针，放肆。

放下一切而成就辽阔的夜。
我已不再说出燃烧，
灾难，几乎发疯，旧照片，
我的时代也等于你的藤蔓。

山河在，是青山在眼的在，
我坐在窑洞的石凳上抽支烟。

2016 年 4 月 5 日

柿花诗

过小界板。大口子前,柿树也即诗书。
小星在厚叶遮蔽下依然开眼。
反复的阅读,一道岭脊通向光臀记忆,
——耕者在挨饿。无卜可占。

我们的相同就在于都有一个离乡背井者的
世界。贫瘠源自黑暗。时代的蛮子。
时间过去这么多年,依旧许多的不好——
于是谈及柿花甜。大口子不是出口,
一个把现实想清楚的人不在乎越不过边界。

2016 年 4 月 26 日

节后,或北方的村庄

所有沸腾与烟花跟随时间
沉落入秩序。远征的人南下
游猎体内的金钱豹。列车
瞬间撒下的风在抄袭昨日的冷。
神般的老人出没在村头,
桥头。"孩子走了吧?"
去了哪里也许说过,不记得了,
对于睡意的人来说,真不记得了。
房子院子村子突然大了许多。
细看山险水不再穷,想象
孩子作业许是草场上骑一匹马
追射猎物,瘦狼、麋鹿;
或者仅是马戏班里的跑马演艺。
是什么都很快,都不想了。
像风,不,越冬的暖流。
真不想了。唯一,慢下来的
是他们——他们的步子、说话和
眼睛里的亮光。霾,木知木觉
地来,荡在高处树的枝杈上,

也化在他们没有底细的身体里。
我忽然想起"千山鸟飞绝",
我也像是一叶孤舟,在北方的
村庄,只是没有雪映衬
我的空,以及我不再点燃的空旷。

2015年3月9日

邀约诗

游荡,就搁下念想甚至山色,
冬天又有什么关系呢?
一座山正用缓慢度量你——
林间路上光亮正缓慢唤醒你的肉身。
不是说"野旷尘昏"吗?
但再怎么也不是挤城市地铁。
你倾向于身体的空旷之野——
用于安歇,最重要小驻于脱缰之约。
能脱得了吗?你像是孤绝的人,
不惧无助地,向世界要回你的词——
你是你的词根——如果你邀约了光芒。
山上到处见酸枣树,树刺即尖锐。
抵御过怪异兽吧?这年头
怪异事如大蟹横行,
影影绰绰,真切于附上皮肤。
你一定见过四不像的人,或兽,
见惯了,也就见怪不怪了,
这基于无奈的一个借口,你游荡。
你清楚你走到哪里也得对得起你的词,

你清楚,神圣和美还原出俄耳甫斯。

如果说具体点,你游荡就是回到真身。

2016 年 3 月 12 日

如杯状的大海

从青海到海南,意味着一而再地降落,
降落。其间,穿过重霾的天,或城。
终于从澄明的高反,归到浪簇拥的安宁
——同样的开阔,给出不一样的处境。

我像是一个声音,真切的确在于
我的天空是反转的海。在大海边走了
半个下午,仿佛海真的在我身体里撑船,
除了辽阔,没有另外的事件纠缠,
除了海浪声缥缈,就是我成为缥缈石礁。

暂时撇开一些想法:譬如每天发生
而又不知道要发生的,人们叫嚷的危险,
受孕之城。为了一场挣脱,我不羁。
这时,诗在船上。必将与海色
不相容的抽油烟机撇清;掏空耳廓。

我从巨大的浪花回过神儿,些许清醒——
我给船长打电话,我不是一个识得水性的

人，世界混乱，该怎样把握航程？
大海回答：提一瓶酒吧，你是你的波涛，
你在你的蔚蓝上，没有另外的水手。

我看了看我握如杯状的手，向大海
高高举起。我行于海，我就是坠海的词。
我波涛震颤
——震颤是蓝色午睡中
一个起义。我听到了巨轮。不，
拉琴声消去了紧张的时间，它在饮下大海。

2016 年 8 月 2 日

向着光亮的大海

这时不是渡海,而是穿云
或过雾——过城市之上更多的灰。
"天容海色本澄清"①,反着说,明澈
即本色。我向它敞开的海天来,
向苏东坡一度流寓的岛屿来——

云的疑问在于,是世外桃源?
抑或蛮荒度难?世界在每个人的
包裹里,某一瞬间被光亮打开。
向"跟随浪花浮出海面"②的一个
地方来,我抛开碎屑和茫然,
在白沙海滩和浪推揉的丝绸上。

这时海水弹出闪烁的礁石。它貌似漂浮
而又如此坚定,抵御巨大嗡鸣。
太阳石,我站立其上,不再飘摇。

---

① 引自〔宋〕苏轼《六月二十日夜渡海》。
② 引自蒋浩《向 Rene Magritte 致敬》。

我一个人在海边散步,在棕榈树、椰子树、
菠萝蜜树下坐一会儿,没有政治、尘嚣

和不被理解的单纯,也不会有苏轼在此
的艰难。我像一个世外人,或者
拥着身体里的山海天。自由是一个真身,
我破碎的影子,在被它一点点还原。

2016 年 8 月 3 日

铜鼓岭的大海

在铜鼓岭上,放宽眼界——
一边是蓝月亮的臂弯,一边是
跌宕的椰林、水田。其间的
楼房懒散,大概源于一个景致——
蓝色大海的信任感。蓝意味着什么?
安宁、智性、博大、宽慰、和平,
我该选择哪个词作为这首诗的标记?
记得一个爱情片也叫蓝。对,
我想说这是我的惊异。淇水湾
热风下挽手的人,大海之上不际会
风云的船,海鸥或蝙蝠不被惊吓,
每一条飞鱼都披上各自的鳞,
大海一个个精致的波浪本身就是
劲舞歌手,赤练般的海岸有人性地
给出大尺度自由——别劝说节制,
我的确想赞美,因为喝多了,陷入
蓝色深沉里忘了诗长什么样子
——平日里他太多忧郁、暗伤,
甚至咬牙状,让我忍不住说诗疯子。

终于可以矫情一把,打一把伞
与自个儿无顾忌交谈,找一块白石
或赤铜色的石头烫烫屁股,不自禁
吼一声。对大海我能说什么?
除了人性之上的辽阔之美,我听到
时间的铜鼓,它溶解我的词。

            2016 年 8 月 10 日

酸枣红

不只是红豆般的酸枣儿给出你非分之想。
红石山上,到处的枣圪针、石笼、自由鸟。
你非分的手指不警觉于某个欲望时,
倒刺就给你真刺。自由就是放下,心如鸟飞——
不属于某个石笼,给高处以自我。

这类似于南山放牧,山峰也是驼峰,
一片不成形状的酸枣树和它的红枣就是形状,
不再与现实有关,不再想什么暗示。
人与物彼此照亮,亮点在于你不去揣摩城市、
暴行、骗子掩盖的真相,你就有最好的面相。

在石崖之上,一棵酸枣即是星火。
——这样坐了一会儿,事物就这样回到各自的
乱石。乱石在生辉。帝国里的每一个城市,
随它暗去,哎,想到此你轻颤,颤如背刺。
酸枣树带刺地长,在自由奔跑的石上。

2016年3月13日

朱雀,或三浙高速一日

1
第一次在未通的高速上通行。
像一个探针,打探建筑与自然的
关系——主客间,在反复磋商
生命的通途——从一座山到一座城,
确信每一个人都有一个远方。
高速是什么?到哪里去不再是一个问题。
一座在修的桥,一条深隧洞,
有时干脆是一个人的载见,载时间。
时间在短。我是时间里的飞行器。
如若,和远方来一个契约,那里的
朱雀,指定是我们的羽翼。

2
我赞美高速,等同于违背我平日的
意志——抵御快,抵御犯自然。
但这时,我在我们的山坡上。长时间,
这里的人只能待在山坡上,听鸟叫
——不是"千山鸟飞绝",我意思

说鸟也飞不出去,人更走不出人的
树林。但这时,的确是我来了,
我不是被鸟叫带着飞,不是体验慢,
是路桥拐了一个慢弯,车轮子
擦过地面的声音的确是风转换了角色。
我们顺着风的意思来了又离开,
一些人顺着风的意思离开了又回来。
朱雀,会意于她的自然里。

3
田园是一种慢,我们向往,
高速是一种快,我们也向往。
我们像一个矛盾的石身,在山涧
摆石方。河流备好了,
山野菜备好了,石头也备好了,
就连石头的替身也备在这里——
我第一次知道:砼,它的叫法,
结构学关涉技艺,人在梦境里
混编了事物结合的硬道理,
朱雀的羽翼上有一个开道的人。

4
小瓷杯,卢氏山水,一个十分钟

步行能走完的城市,透明是迷人的,
酒的深度是迷人的……
每一个人都有一根软肋是用来迷人的。
时间停在这里生成另外的时间。
亲近自然,我是我的自然。
我喜欢这样的明净感———条高速,
一个原始城,如果有对比,
我是一个自由的人,又是一个远行的梦。
朱雀在南方,在时间深处歌唱,
这时也在山上,绕着我的声音飞。

5
我在豫西峡谷的水边坐下来,
本地的芦苇在水中长出独立身份,
自由像是飞到崖间的水鸟,
建筑暂且被撇开,我们在自然的
方言里,找到我们曾经的口音。
以此类推过来,我们的境界里有着
悠然的慢,就像高速路上有着
瞬间的快。我相信快与慢自有定数。
我必须给困惑一个芳华的具体,
我们来去,我们携着各自的朱雀。

2015年6月30日

辑五 我们谈论旅程时我们说什么

融入感

你记得这里吗？丛林向你
走来，在对你说话。在你的
山药里伸直，在你的血液里打开
虚无。一个声音，不，是眼神，
从黑暗的生活中撤回来，
落在这些骨骼、石头和思想上。
是什么在耳内轰鸣，你的时代
不再是他的时代，漏屋外的雨
貌似是智齿的一个暗示。
但谁又说得清繁华物质背后不是
另一种贫瘠？过多底片
已然找不到了，漩涡里的风却
还暴着社会的短肋骨。
史上的无助披不了当代的外衣。
你的影子或许就是他的补充，
说具体点，你声音的真实就是
你的不畏惧，你抽象的雪
让时间落下来。这里的回廊像
一个曲别针，史上景象还在盘旋，

别说当下，你看见了什么，
你的透镜在众多偶然中发现了什么。
一个坏时代不等于没有好声音，
你在你的述说中走出黑暗，
你是石头的向导，石头一直在
说话，你不说，只看那白花蔷薇。

2013 年 5 月 28 日

论自然

  茂密是他们的语言，
  但没准，也是我们的方言。
       ——臧棣

鹅耳枥的听力够不着建筑的
铁门环。自然，在自然中
豢养它的山蜂。我的绳索不是
你的，在这里谈挣脱
也不意味着找到了出口。但至少
在另一个黑夜来临之前，
我必须换回属于我的那个词。
即便是有毒的，一棵树。
在身后扩建的城市和依然
自信的自然之间，愤怒的类人猿
是有理的。我从哪里来？
还有没有一个去处？生活的
出口窄，寻找光并不完全
是我们的底牌。你是你
依托的山体，这等同于说懂得

仁爱的人是美的，而且会更美。
我的确说到了亲近的面包，
和水，一种活性植物纠正过我。
你只要充分，我便会在我
生存的每一个枝桠上感受你。
我嫉妒你的处境，你是
鹅耳枥，是生命物种，是开始
和洞穴。这貌似在说一种
良知。不错，自然约等于良知。
当我在山谷捡着石头和鸟羽，
反抗消失了，我也不再言出口。

2013 年 5 月 29 日

星月谈

在星月和我之间,隔着的
是遥远吗?沉于夜的酒,酒精,
在放大时间。我自嘲,
我是下沉的橘色灯。我转过身来,
行旅之梦削掉了翅膀,
小城之外是大城,游荡的只是
跑出我身体的幽灵,它
哼唱的小调没准就是你的大调,
它和我互勉,毕竟和我拥有
相同的椅子、固定街道、奔忙的
一天。有时我愣神地看着它,
想它游荡到一个地方,那里叫
空旷。哦,空旷之味,是不适宜
我说出的,我是我拥挤的木箱,
那木箱上的钉子是拔不出的毒。
我在路灯、炽光灯、台灯下
想起了星夜。星夜,是怎样的夜?
在从前的晚上纠正我的,在
夜莺声中睡下去的,在低声说起

未来的星空图像，一种清新的
虚无浮上来。现在，没有了星夜，
我消失在咖啡、人潮和迷醉中。
当这一天，又见西山上挂着月牙
和金星，我像黑夜边缘的鹿，
我安静地……因清醒和曾经寒冷。

2013 年 5 月 29 日

登山记

不能劝你相信红石间
我也是一颗种子。不能拿我
固有的角色交换你的疑虑。
我是一个什么样的人,不再
重要,关键是我在这里了,
这里就有我草木般清亮的安宁。
据说,植物不满足于从树上
丢下一颗种子,而让大地
遍布无数的种子……这隐忧
无非是说,我若不成器
就再也无话说到另外的器具,
敲不敲开石头自然就成了谜。
这隐忧,其实是那颗
成为父亲指仗的种子。它的光
在传递。这是多么庆幸的事!
这红石山,这蔚蓝色的安宁。
当我走过了湖海和那些
高山之后,回到了我的安宁里。
这座山是我的,从前它是

父亲的。我带着我的孩子
一步步登上去，他们的诧异
比山那边的山，还要大。
我说到遥远，但没有说出我是
我的山体。视野的宽阔是
必须的，回到这片安宁中倾听
伊奥里亚人的竖琴也是必须的。

2013 年 6 月 3 日

笔架山

国破山河在
　　——杜甫

笔架山的解说像是对山河在的
佐证。而这里，苏醒的，是诗歌，
不是山河。除了寻找我们的词，
我们还能说些什么？除了
挣脱那些绳索，我们还有什么
理由拥有一条河？黑木门的
国度并不遥远，我也不想说到
虚无。声音在，山河就在。
清醒的人，这时彼此交换孤独。
还是不说孤独吧，你是你的酒，
"未见有知音"[①]，百年过去了，
孤独还是那一把生锈的锁。
站在窑洞外，我让汗流下来。
我妒忌的是一种处境，不是才情，

---

① 引自〔唐〕杜甫《南征》。

而破碎有着白蔷薇花的相似性。
我在一个声音里同时看到
社会旋涡和词的光明——相互
触碰。这不同于身边的竹林斑影，
也不同于回廊里的壁影，
声音的诗学拯救了旧山河？
小院的水井是深的，我们的夜
是深的。我的词间车，载不了
你的悲伤、咳嗽。这等同于载不了
我的情景，我在我的夜晚之上。

2013 年 6 月 6 日

铁佛寺

你没有寮房,做不了终极的
隐者。这不重要。而你
在这里了,这里就是你的呼吸。
莲花池的鱼在叙述的
对象里,你的卷腿裤翻印了
荷叶的纹理。确信于,
自由和纯净是一棵树的两个根须,
一直在你身体里,滋生
天空。无边的空旷从身体
开始,无限的神秘
从这里到来。就撇开悲苦吧。
一条草路淡绿色的安宁
通往河边。指定还通往永远。
活性的水溶解你。涨潮了,
湿了。光是这时候普照的,
绳索是这时候消失的。
我们谈到了奇怪的时间之外,
有吗?你在你的世界,
水性的植被取向于水性的照耀。

刚下过雨，又晴了，
远处是断桥，再远处是我们
的眼睛。"反光从远处"，
你的国度，你发亮的植物。

2013 年 6 月 10 日

假面具

那多次出现的面孔和交叠的
面具再次出现。我发现
一些倒影,充满了鬼魅。
星光不再纠正我蒙昧的眼睛。
一个人已不再是一个人。
我们都有一把钥匙,并被一个词
串在一起,构成更大的词。
这聚合原本是一束光!
当我发现后,我的钥匙,
我取了下来。给它独立而不是
惧怕它孤立。给它夜,
而不是你的黑暗。一个人
是不是一个绝对的人?
那熟悉的面孔,再次出现。
我在不同的声场里感受到冷,
心计就在面具背后,沽名,
利己的吊钩。我的伤害
就在于我朴素而愚钝的友善,
给予你,而受你背后打击。

要是一个人知道自己做什么了
会不会不做？人性的皮，
内心的黑市……我不去叹息吧。
我在我的夜里看见灿烂的
针之前，我取下了我的钥匙。

          2013 年 6 月 13 日

透骨草

透骨的仅是一种凉吗？亲者
反疏，一块石头把另一块石头
当靶子。这意味着你性子急，
意味着时代的骨节炎传染了你——
瘸腿、嘴不正，做偏狭容器。
我感到悲哀！说悲哀是一种矫情，
我知道，透骨草救不了你。
上山去，是去见识一种开阔，
去学会把事物看轻。
看到那些梯田了吧，那层次感
在薄雾下也广大。这不是
安慰。安慰即妥协。
不妥协又怎样呢？透骨草
在我手里，透骨凉不源于山风。
我早已习惯了散漫和看云，
正如你习惯了享用你的名利欲，
习惯了你骨节炎里的痒。
没错，这是你神秘的秘密，
不是我破解的，你的病症也不是

泄密者。你给自己摆云梯，
像一节节的骨头在悬着。
能上得去吗？透骨草在看，
它喜阳，它想移植到你的骨子，
你却嗜阴。我抚了下扎手的胡子。

2013 年 6 月 15 日

蓝花荆

山的弧线即是你的弧线。
荆花的高贵色，像是一次新
发现。你不再为走丢的
时间而恍惚。你在你的灌木丛里，
你是你的红石。不再责怪
事物的渺小，你就不再渺小了，
荆花的蓝紫没准儿也是你的蓝紫。
从一个国度到另一个更大的
国度，物质的进行曲
在丈量黑暗的长度。而归来
就是归零感。你知道黑暗
的藏身处而绝不去惹它，
没错，山风在明亮处拉二胡，
全部的安宁都在这里了。
你有理由坐下来，不理生活的
碎石。身体里的门窗，
被风吹开了一半，另一半
在等待你，不再对远方暧昧的手。
那一直盼的慢，在这里，

那疾驰,是你的飞在天的鸟儿。
你坐定,世界就坐定。
你在你的山体里,上升,
开阔是什么?你从这里望过去。

2013年6月17日

灵泉寺

泉水是喝不上了。还在盖。
石阶是翘起的甲板,上与不上,
都搁在那儿了。空山
开始在现实的风箱里涡旋。
你是否注意了?侯爵夫人的
小蓝皮书这时不转载我的——
贫乏之城[①]——有个性的脸,
贴上了没个性的标签。
我躲在我的贫乏里,念歪经。
后边的山,叫凤凰山,
能上去就上去,反正也没有
凤凰从人间逃掉的本事。
说这话时,碎白花在酸枣棵旁
翻白眼,针刺没有真刺,
天池旱成草池,我在我的盲目
里看见一个五十岁的男人,
他坐在那里,和我谈——

---

① 引自［奥地利］赖内·马利亚·里尔克《杜伊诺哀歌》,灵石译。

时间的滑坡。一个时代的相似性等同于事件的趋同性，一个地方的故事在另一个地方发生，法则是自然法遇见了爬山虎。他的痛未必不是我的痛，有效性现在转给了你。

2013年6月19日

觉觉鸟

院子的后头还有院子。这真
不错。我们在这里喝酒——
我是你时间里的辽阔。你呢,
是酒国的盲人。别斟得太满了,
除了酒能伤得了你,还有谁?
窗外,觉觉鸟反跳着墙上的残砖,
墙那边是一条河,随它流去。
六月是热浪的月份,浪花,
就在我们酒里。我什么都不知道,
我的话一片清凉。"别谈历史,
历史只不过是虚拟的容器。"
你把杯中酒喝下去,再斟上。
你的聪明在于沉默(这时做不到),
你的未来没准儿藏在小院里。
"生活如此单纯有什么不好?"
让那些漩涡滚蛋吧,还有那些
心计和名欲大于情谊的人
——这是个无聊的话题。我们说
出来就笑了,然后摇摇头。

我们走出屋子,在斑驳的树荫下,
分拣石头,该扔的扔掉,
另外的一些,拿到黑市上换酒。

2013 年 6 月 16 日

观星潭

看到星星的那一刻,灯还没有灭,
这让我的眼睛多少有些遮挡。
我走到浮桥上,谷水,流奏的自然
音节,似乎是唯一对黑暗的挑衅,
山崖湮没于近在眼前的憧憬。
酒没有喝到迷蒙,正适合于走走。
星星是这时候亮起来的,当我走在
向上的路上,走在黑龙潭水边的
台阶上的时候。山风貌似春风,
人少到小撮。星彼此挨着,或在夜的
高处彼此照耀着,那山涧的一两户
人家一定认定这就是他们的星空,
甚或一两颗充当了石院子的灯。
我在我的眼睛里反复问,这就是繁星,
这明灭的闪烁和呼吸,就是星河了?
我没有这样的星空,抑或我的星空
一直被人世的浮躁蒙蔽着,
即便夜深时也只是沉静在狭小的
灯光下。这让我记起另外时间里的

另外一些人，希望每个人都是一颗星，
至少飞到星云上。我没有更多的
奢想，我尘世的灰啊。我坐在潭水边
仰望天空，事物因相互照耀而明亮。

2013 年 7 月 4 日

登尧山

在索道的颠簸里,山峰在仰望我,
不是我在仰望山峰。我看
山腰的人很小,那些攀爬者若看
我,也同样的小。上山,
演变成游山,这似乎本该如此。
无关逍遥,也不是非得登上
某个崖,找到兰花草。我是我的国度,
你在你的呼吸里给身体一个
景致——向外的开阔,
向内的偏,给自由一棵树的叶枝。
这里的檀,"春天散发香味,
秋天散发臭味。"我却在夏天来了,
时间给出的间隙是让我不再
堵在某一个人群里。
真不知道彼时我们在想些什么,
或谈论些什么。边界
是自己给的,飞云从谷间飞过时
山峰给让了路。人和云,
没有相似性,我的局限就是

我脚下的崎岖,必须的
是我必须跨过去,并且不在某个
斜坡上打滑。没有鸟的轻跃,
而踩脚下的石板,踏实
约等于不幻想云梯。这不是说我是
一个胆小鬼,人过四十,
看山或不看山,一切都开阔而具体。

2013 年 6 月 30 日

繁星见

星星的音乐会吗？在浮桥上看，
在山道上看，在黑龙潭的台阶上
看。山风是凉的，谷间水
是柔性指节调过音的。
眼睛是神奇的——我诧异——
都能看见繁星了。
这情景是从来没有的，从来
星空都不是这样的，小时候许
是见过，后来就给丢了。
具体，怎么丢的，
这不是我一个山人能考证出的，
橙色预警不是我的考据，
你的幸福指数也不是山的裙子。
就像我不能考证，繁星
又怎么出现的，我从另一座山
走出来，走过深似夜空的
街道、熏灰的楼道，
我在我制造的天气里去曲意，
去迎破晓。当我记起

这些的时候,似乎一切都归于
零,山风更凉了些,
我张着嘴仰望,星有了星云状,
眼睛里还陆续出现了星河。

2013 年 7 月 2 日

群峰间

你看见群峰了吗？这是光线
正好的十一点前。飞云的
迷藏我指定学不会。我在山峰上，
山峰，在另外的山上。
除了植被的簇拥，就是没有簇拥，
道路伸出来，悬在群峰间。
你的吼声食寂静，也可理解为
对另一座山峰而朗诵。
山峰，这时在彼此的辽阔里。
彼此是什么？就是不领袖，
不对另一座峰以褊狭感——
你活在自由里，抑或我坐在道旁
的树墩上，看白云到遥远。
"对你来说我是谁？"这不再是
一个问题，我在我的路上，
我不要另外的钢丝。"你当然
也是一座山峰"云散之后，
我看见你辽阔的眼睛，很从容，
彼此呼应着，相同的山风

模糊了的疆域。说这不意味着
不分彼此。山峰在,是独立的在,
给彼此敬意,绝非领袖式俯视。

2013年7月9日

早餐券

在早上的石桌旁说些什么,
或者什么都不说。我有理由迟疑,
谷间水有理由流去。我们进餐,
或在一幅抽象画里找银器。
晨光是从黑暗中出走的,还是
给黑暗以驱逐?在这山涧的夏天,
它像一层薄雾浮现在石崖上,
然后,落入眼前的路途。
一个懂石头的人是这时候出现的,
不是客行者,也不是本地根,
或者,仅仅是石头里的一丝光线,
飘摇在河流上,从来处来,
到去处去。我想到我时间里的船,
在一个阴霾的城市,在黑暗
的物质城市,在绝望大于未来的
一个世界,我的船,我的
河流……唉,做梦去吧,说了这些。
我有理由遗忘我的世界,在这个
早上,在薄光里,

我想说，滚蛋吧那些浑浊。
这时，植被漫不经心地向我们说话，
一个人抱了抱肩膀，山风有些凉，
吹着他返程时眼里的迷惘。

2013 年 7 月 16 日

画中人

阿波罗在他的神话里给群兽
弹琴。山羊和麋鹿,这时乖巧地
与狮子亲近。我看了一会儿,
有些恍惚,更惊觉于我不是画中人。
他的天空不是我的,那湿润的
饱含水分的天空,光线穿过空洞
射下来。光谱上的灵魂
散发的无邪的情感……他是游离的
音节,我是无辜的盲人——
我的眼睛从来没有这般世界,抑或
我的天空被另外的空洞遮蔽了。
我必须换个角度,一个人的故事
也是我们的,而他的自然,
未必打破现实的固锁,我们在经历着。
但这的确刺激了我。这些呼吸的
画世界。还有对死亡的冷漠——
那个被圈子所 NO 的人,
他用炭灰让自己缥缈成一个摇荡的
未来。我不清楚有没有一种未来,

将死亡摇醒。画里的风
抵挡不住画外的沙尘,而依然在
顾自纯粹地吹送。这让我
在一个变灰的世界里,有理由
去说。或不说,请简单地
给我暂时的安宁。我是我的静物。

2013 年 8 月 3 日

萤火夜

一个秋后的夜晚，我看见了
萤火。在不太明亮的月下，
在虫鸣略大于流水声的山间
公路上。凉，并不是世态的凉。
触上蛛网的一只萤火虫，
被一双手救了。我承认它幸运。
或许还有太多的蛛网、渔网、
铁网。索性坐下来，不去
想它——在一个远离世界的
僻静里，思考显得多余。
残月在斜上方挂着，残月意味
什么。社会就是漩涡？生活
就是月潮？我可以指认的是，
慢破坏，就是源自那里的喧嚣
——见鬼去吧。远离了生活，
你是你的萤火。现在，沿着河
又走了一段，我看见更多的
萤火。我想说：我是我的星河。
我清楚，如若没有了萤火，

"我的生命，会坏得多。"
夜风更凉了些，夜风吹着空茫，
我走在，一个与世界无关的，
山间路上，想着这夜要是长些，
失望就会少些。我像一个
从不想未来的人，又被未来
携裹了去——

2013年9月20日

不羁说

很久以前,在鸟兽的世界,
不羁是一个英雄,他的放浪
多于顺从。这让他在一个
怪戾的天空下轻易打败兽性。
后来不羁不在了。后来,
仅剩下这个词,被无端装进
我们的银器。顺从自然,
不顺从某个小的偶然冲动。
这等同于说,我在我的安静里。
貌似我是这样的人——
在昨夜的睡梦里,我一直
向往鸟一样不羁地飞翔,
冲撞,以闪电为翅膀。
醒来后,雨还零星下着,
我更像一把撑着小片天空的伞,
出现在我们的视线里。
是的。我们,是我的左右
——这让我恼火!
那个叫不羁的灵魂哪里去了。

在一个阴霾从高处压下来的
世界，颓败的城墙，嗜眠。
我忽然想起，你也是
一个很不羁的人。你的抉择，
从石头里蹦出，还是藏得更深？

2013 年 8 月 12 日

麻醉剂

麻醉的醉指定不是你想要那个
醉。你的个性到最后，指定
不个性——我说的就是麻醉剂。
你懂了吧，在色彩、沈小阳、
职场女出场的夜，丁采臣消失了。
黑暗给了我两条路，一条
在深渊里叨麻骨，一条是闭目
给世界养一丝光。你不清楚，
选择后，我才属于我的词。
你还不清楚，村庄消失以后，
非人多了起来，有时我走在大街，
很怅惘，因为那些灯都有点假。
你没有隐身术，却有面具，
可是我什么也没有，我不被麻醉
还能是谁？说这些貌似病态
到非被麻醉不可救药——人们
都醉了，你还采臣个鬼。
唯一依赖的是，我不说，我也在
我的光源上。红白萝卜的早餐

省略了隔夜之旅,楼下
有一辆轻便自行车,你指不指望
它都不重要了。醒来。在窗外,
静极了,光亮在敞开——

            2013 年 10 月 21 日

街无尽

长街。或者短街也一样,
没有尽头。到处的三轮车、店名。
我手里拎着一沓书——
一沓恍若在沉睡的书。我瞥见,
有一个名字叫《天尽头》。
天尽头,有吗?大概在神话里,
牛说:"人都昧了良心,我们兽类
不能再没有良知了……"
这时我没看见牛。很多的人,
行色像电影的快进镜——
我也是镜中人吗?在那里,自个儿
制造自个儿的阴影?我有点怵
——可能来自街夜的秋凉,
来自某一个偶然。不会有
太多的偶然,即便有又能怎样呢?
在一个渐冷的嘴唇上,
它告诉你,物质下的荒凉,
大于天尽头枯死的草。
我不是预言什么,街道很长,

两个店员在相互指责,或争吵,
街道这时暗了下来,仅有的声音
有些沙哑,可我走得越远,
越是听得清楚。我又想起了
那个牛,有无那样的神奇或奇迹?
像不远的转弯处,橘色的光。

2013 年 9 月 18 日

行路难

又一次来了。上一次是霾
侵略肺,咳嗽了些时日;
这次腰椎膨出,带来行路难。
我躺下,看顶灯照着一小片内室。
这都怎么了,从世界到身体,
让我的诗哭泣——原谅我情绪。
我要是不能行走了,传说中
男人四十的花期,也就——
半落花随了流水去。
可是,衣架上那些风衣、绒衣,
它们飘逸,想出去。最苦的
是我那远方的爱人,不能去找你,
不能为你掀动大海甚至浪花——
我是我的支撑,更是你的藤。
我想不明白的,诗和现实之间
的距离,抑或是它们的等同关系
演绎生活的丝线。从身体,
这丝线的原点必须从身体开始,
我们能做的无非是赞美,或

躲避某个不幸的事。这无异于
现实为另一个现实找软梯，
就像我们在诗中找到某个词——
我一直寻找着，我在我的遥望里。
我的手电筒呢？请把我的
手电筒还给我，我要它越过身体、
黑暗，直到我的冰山、我的蔚蓝。

            2013年12月7日

我想要的慢,不是停下来

我在忍耐着什么?病卧,
疼痛的陀螺……有位朋友说:
疾病就是孤独,要熬。
这和我想的一点儿不一样,
有时,我只不过想慢下来,
相对于一个焦躁的时代慢下来,
一条鱼,有它的深水域。
我喜欢逆着风向,但不是病倒。
每年这时候都要爬一次山,
看看颓败——那里有冷凝的安宁。
今年颓败的难道是我自己?
这半月来被针灸、抗生素纠缠着,
我在暗物质里,想起群山奔跑
的模样,一头雄狮。
四十多岁该像缓飞的风筝,
可俯视平淡中的辽阔、你的麋鹿,
再没有什么大不了的了。
这就是我想要的慢,慢生活,
而不是停下来,像现在——

女儿六岁了,到医院看我,
却看见我身上有许多银针。
她哭了,并屏住呼吸走到我面前。
她不知道,我明天还要带她
到郊外捉蝴蝶、看麦苗。
我并不焦虑,该过去的都会过去,
且正在过去,我在我的山上,
我明天就会在我的山上。

          2013年12月14日

一扇扇门在我身体里和疼痛较劲

梦见好多门,我一扇扇打开,
醒来时疼出了汗。可我还想着
那些门,那重叠的,各式的
漂亮门环,手感,不易觉察的颤抖。
医生说,放松点,越放松越好。
我的手还在门环上,那些门
通向未来或过去?门向我友善地笑,
笑出了声。这会儿我咬了咬牙,
暖水管道发出流畅的水声,
咕咕、咕咕,在演示慢的节奏——
不再行色匆忙?向后转也是一扇门?
我该问问。可我不能躺下来。
医生的手在我的腰间,在我全身
波浪滚过,有轻微的声响。
我随着一道光线,又走近那个门——
从前是开着的,这次我推了一下,
几个人与呼呼的冷风抗争着,
我走过去,为他们打开了下一扇门。
医生的手或谁的手,偶停偶动,

我在神往与恐惧之间,接受
时间总是不连续而残缺的,不,
是尖锐的,眩晕。这不是在说梦,
真的,光线那么充沛,
在我的身上,在我看到的所有门上。

2013 年 12 月 10 日

从未觉得阳光这么明净

从未觉得阳光这么明净，冬天，
又与冬天无关。能站起来，
行走，和路人打招呼，看什么
就有什么景。针灸虽在继续，
但时间给出了充沛的光，给予
我入口，我重新是我的力。
不再提那些痛苦吧，在一个充斥
着假象的世界，痛苦像一种
机制。这样说是不是过错，不，
是冒犯。还是不提，连疾病
也不再说。疾病，杀手，神秘的
禁忌——没有什么大不了的。
疼痛是直接的，我们可以假装它
不存在，但身体，造不了它的
反。这时我在清澈的光里
走着，是的，关键是走，散漫地
走着，没有什么风景却又全是风景。
我们走过那么长的路，一旦
躺下，就天空暗淡，这也就是

我对光的赞美胜过对疾病的诅咒。
我的银针在一点点驱赶身体里
的疼，光线在一点点褪去符咒后
显得年轻。没有什么比时间更迅疾，
世界给予我们的理由必须走下去。

2013 年 12 月 13 日

你不一定理解我说的开阔

心远地自偏
——陶潜

星散的花，奔跑的石头，和我的
静。开阔就是从这里开始的，
从安宁，从辽远的遗忘，和释放的影子。
我游历过很多地方，甚至游历了
那些暗物质。这次我在我的山石上。
这次无关游历，我打小就生活在
这里，我是哪一个石头？
我不知，但我清楚每一个石头的单纯
和土星气质。我的不幸
就在于，在一座迷路的城市里
变得漠然、忧郁、迟钝。
迷宫的城市里，貌似谜一样的人。
我多么渴望一种明澈从远处朝我靠近！
在病症之后，我还能与什么相遇？
寻找我的词，我还在熬夜，
这意味着什么？诗歌是我另外的时间？

——但愿时间理解我。就像现在,
即便不再想什么,在辽阔间,
与石头一起静,不,与石头一起奔跑。
一个声音说:"你记得这里吗?
你记住。"我记住了,我在
我的风景里,不是别的,除了开阔。

2014 年 1 月 13 日

在父亲的庭院

一向都在这里闪烁——在父亲的庭院,
在我回来的夜——那些星星,在我的头顶
发着微光,照耀我。父亲和我说起
他曾闯荡在关东的两年,煤窑、饥荒和
自足,"外边就是那么回事,要是
不对付就回,这山里,冬暖夏凉,夜里
星光,抓住你……"我下意识伸了一下手,
却突然想起我的父亲从未提到过绝望,
想起披星戴月这个老掉牙的词,他抑或
源此而背驼。在山里意味着什么?
从来就是山呼应着月,从来就是星在星河
里照亮着——人的明澈就是安宁而居。
我的困惑不在于我是另一个人,在这之外,
在过多的社会漩涡里,我必须用我的
一生辨认人的面孔。为了安宁,必须省略
过程;为了行走,必须为另一些人让路
——自然在悲叹我。我知道,我的苦
已然迥异于父亲的苦。在他的苦里透彻地
摆着简单、干净——这是他一生的星河,

光泽源于本质。仅几米的门外，公路
通向遥远，通向我生活的城、繁华、纷争
——我不愿说到这些波澜，让你也不安。
但我不许绝望——这里的星光已告诫过我，
还原不了自我也许不是过错。路要延续，
走下去等同于星月叙事。我的星月在我的
身体里。"一个人就是一条充沛的河。"

2014 年 1 月 21 日

雪自在

雪下得很自在。不自禁饮酒。
这时,碎舞碰撞了现实。
街道上一棵挂遍串灯笼的樟树在雪中,
远在红石山的父亲的庭院在雪中。
安宁这时在雪中,
我像一个与世界和解的白痴,在雪中。
雪像一个声音,绕我,
绕着这座干得皆是尘灰的老城。
雪做的马车预言什么?
我想起远山的炉火已不在我身上汹涌,
冬天的失眠症带来更多昏沉,
这声音是新的尖叫,类似女人。
我们的未来都潜居在我们每个人的路上,
一辆辆车过去了,再慢
也是瞬间,我一直想在我句子中添上
一根长缰绳,但多出的是风浪——
没有雪的自在。它在食着时间地下,
它在消灭着社会漩涡地下。
你别摇头。这里,也即那里。

"我们只停留在我们所在的地方就好了。"

2014 年 2 月 7 日

春雪图

声音被它食去了,雪下着,
整个世界白了,在我推开门时
都白了——白得让人不放心。
我走在人行道上,不,走在飞雪的世界,
睫毛扑打雪花的节奏,单一的神出窍了
——你相信吗?你是另一个人的灵魂。
也许并非真的,单纯是对社会漩涡挑衅
——没有什么比这更重要了,
初春的雪,在无边乔木,在眼前,
在城市摩天大楼的上空安宁地下着,
它拣尽寒枝,它下着。
从来没有想过,为什么,我们喜欢雪
——生活太干?我的黑暗也是你的黑暗?
我迟疑地走在众人之后,走在有霾的
早晨,我和他们一样浑然地淡漠?
我不是割裂开的,像坎宁安的舞蹈元素,
可拆分得纯粹无比。这时我像一个雪人儿
简单,貌似一切都不再说,甚至不再想,
我陷入你的光芒——都好几年不见了

檐下冰凌、冰河、雪中脱兔,
都留在了童话中,我们在干尘下一走
就是这么多年。这时我在雪自在里
遇见你,你就是美,以及由于美。

2014年2月8日

异地之夜

今夜,将在这里安居。在一个
偏远与安静里。有莫名的转向——
我喜欢的转向。我们绕过一条旧街,
火车站稀稀拉拉的人,站牌,音箱。
黄昏虚无地走着,我们清晰地起伏,
合拢四周的,是忽明忽暗的陌生。

去哪里呢?去哪里还是显得重要,
在陌生,以及相对陌生的一个世界。

本地揽锅菜与微信交换眼色——
周末从这里开始吧。不百度地图,
不困惑于偏僻,风吹来蝴蝶的颜色。
这时一个街边人突然拦住
去路,说:住不?你的惊怵瞬间
传递给我。我意识到这是我们的夜。

夜,湮没了风景,或者我们
只是彼此的风景。不,是一同的风景。

异地的夜是什么,神秘?
不是的,在这里夜是一张网。我们在
网里,我们还将网收紧,以至于
你是我的温暖,我给你——
打铁声,从这个小城的深处传来,
打铁声很真切,貌似在我们的身体里。

            2014 年 3 月 14 日

所经之处没有哪里不在建

> 我们在空中掘一个墓那里不拥挤
> ——保罗·策兰[1]

在白天建在夜里建,在祖国的
身体上从不间歇地我们建。我们
无上荣耀啊大时代,我们貌似
拓疆的黑马,在从南到北的大地上
我们建。逐着波涛也逐着飞鸟的
嚎叫我们建。起伏的楼群
热切地奔跑着我们建。我们彼此
赞美着祖国的河山我们建,我们是
缔造者啊我们建,我们像前夜的
革命者缔造着霾我们建。越来越高了
从平地到高原,在上升的欲望里
我们建,建到十八层了,恍若说到
地狱,住进去我们建。汹涌的浪

---

[1] 引自[德]保罗·策兰的《死亡赋格》,王家新译。此诗也有仿于《死亡赋格》之意。

波及你的村子了,你的村庄在哪里?
在铁丝网拉起的美学里我们建。
我们的理想城艳遇了鬼城我们建。
我们是前进的使者,我们召唤了
万水千山,"千山鸟飞绝"我们建。
我们给我们的未来加冕,没有歌声
不是问题,我们唱着大建设的
进行曲我们建。疆域浩荡,没有哪里
不能建,实在不行了就拆了建,
在文明的废墟上我们建,在古村落
明澈的瓦上我们建,在折叠的
光线里折叠着我们的身子我们建……

2014 年 1 月 17 日

哈喽，劫匪
——给柳亚刀

假如，不是一场话剧，在这个城市，
你会不会撞上另外的枪口。

假如你是 icy，你有没有深处的劫匪
——从身体内部，从骨头里
向你围捕。你是你的咖啡，你清楚。

假若拨动现实的指针，回到
一个实习生，热血热，眼里不冷漠，

问题是，走着走着就丢了梦想——
干脆说，一个理想主义的失败者，
瘸腿，牛仔衣，残留了愣头青发型。

假若谎言在开演时被匕首刺穿，
假若什么也没发生，光刚把暗室擦亮，
你的角色指定是 icy 的从前。
很难说不背叛从前，否则，未来的记忆
不存在另一个我——我是我的政敌。

假若不给内心一个真相，

世界就会给你一片雾霾。

在一个充斥着假象、欺骗的世界，

你不说，你的焦虑就是劫匪的同伙。

你在唤你的血性。这是一个社会漩涡，

那里，只是一把枪，一个道具？

但它退居到了孤岛上，它在突围……

2014 年 5 月 11 日

我们谈论旅程时我们说什么

我们顺着山道的方向。也许,这并不
是我们的方向。我们很多时候
就没有方向。混沌的世界。你有理由
杏花开,我有理由坐下来,
我们看——群山簇拥白云的悠然
——我去年的句子在跳自由操。

更多的时候,我们越不过身体里的墙
——不喜欢这样不彻底,可没有另外的
法子能彻底。不过是旅行,
不过是旅行箱里装了些思虑。

"千山鸟飞绝",最好释义是飞了
千山,再没有哪里飞不过——
可是我们,注定有一座山过不去。
我给你翅膀,我还愿意我是你的翅膀。

旅程是什么,我看我不会明白,
我们走过一段一段的路,

我们一次次走丢了眼睛里的神色。
我们谈论旅程时还能说什么?

终于可以安顿自己——你装修
你的房子,装修你身体里的委屈,
装修安静的音乐。能有什么法子呢?
你是你的原点,你是你的
鱼——游多远还要回到你的海域。
没有另外的假设,那就再现实一点吧,
指不定还会生个现实的孩子。

2014 年 3 月 5 日

某夜,走在开封的街道上

> 他们收获自己眼里的酒
> ……这也是夜的意志
> ——保罗·策兰[①]

白天的琐碎消隐在某颗星下,
安静给了自由一个身份,
让它停下来。这时是汴梁,或宋都街。
夜行者,抑或叫自由的马夫。
叫什么都行,我只是不想违背
夜的意志,给时间一个狭小空间;
不去做别人上紧的发条。
从一个省到另一个省,从杭州到汴州,
御街灯红,汴河水静静流淌。
我瘦小的身子靠在旧书店的椅背上
——什么都不会停下来,除了我的词
停在这里,或我的身体里。
我更看重马夫的叫法,你是否注意了

[①] 引自[德]保罗·策兰《收葡萄者》,王家新译。

他手中，有一条很长的鞭子。

在夜走向深入的时候，一切都星散了，

我对着磷光的水面说：有波澜，

我对着街头黯然的悬灯说，点燃吧。

自由，这时是诗歌的麋鹿？

不，静静的，它从来就是一道光亮。

"我是我的马，我情愿抽打自己。"

2014年5月30日

河南大学明伦校区的一个早晨

一些是建筑定义的符号,和深远
有关。之后是"夜莺飞出丝笼"①
这给我这个早晨以安宁。一只鸟隐没
踪迹的地方,是林伯襄②的屋顶
来自樟树、忍冬花和雨后的湿气③
还有一些艺术生,着掩襟装,
在空白处,拍摄民国时期的梦。
我这时走过博雅楼④,我就想起了完美
世界小说吧,一个个人物;
我走过博文楼⑤,我就看见了李大钊

---

① "夜莺飞出丝笼",引自[俄]布罗茨基《来自明朝的信》,常晖译。
② 林伯襄:河南大学前身河南留学欧美预备学校第一任校长,我国著名教育家。主张"以教育致国家于富强,以科学开发民智"。
③ 忍冬花:进河大南门向北的通道,100米处的东墙圆门上有茂盛的锦带花,在这个早晨花开正浓。锦带花,属于忍冬科。
④ 博雅楼:1925年建成的中州大学(河南大学前身)的一座主体建筑,西式主体,中式点缀,中西完美结合。现在这里是河南大学历史文化学院所在地。
⑤ 博文楼:1919年落成,为河南大学现存最早的中西建筑相结合的教学建筑,又称"六号楼"。

革命石雕①，这时秀不过旗袍女生。
柔软是时代的处境。偏僻处的男生
在背诵，那是我不懂的外国语。
我来得有点儿早，音乐广场②不见演艺
透过空闲看铁塔③，倒看见了
铁塔上空行云的悠然。暂且容我
反对阐释，明园④的正确在于
挽留了一个历史，以及历史的痕迹，
这相当于换骨学的原理，让我
或者是你，能从来处来，能到去处去。

---

① 革命石雕：李大钊雕像，在博文楼旁边。1925年7月，李大钊先生在此演讲了《大英帝国主义侵略中国史》。据说，他的演说给当时进步师生极大鼓舞，掀开了河南大学革命运动史上新的一页。

② 音乐广场：河南大学礼堂东侧的广场。大礼堂于1931年11月20日破土动工，1934年12月28日建成。东侧是学校的音乐广场，在这里举办各类活动。

③ 铁塔：始建于北宋皇佑元年（1049年），距今已有近千年的历史了。塔高55.88米，八角十三层，直上云霄。因此地曾为开宝寺，又称"开宝寺塔"，又因遍体通彻褐色琉璃砖，浑似铁铸，故从元代起民间称其为"铁塔"。铁塔，完全采用中国传统木式结构，设计精巧，气势雄伟。本来铁塔是在河南大学校园内，被建为铁塔公园后，从校园分离出去。

④ 明园：是河大内的一个园子，现为开放式宾馆。但在此诗中只是一个隐喻，包含了这里的明净。

迷人是另外的话题，譬如东湖[1]

譬如曙光下的建筑群[2]。在身体里隐

而亮的是诗歌，这里曾出：徐玉诺辑[3]

于赓虞辑[4]，我一直在想象——

将来之花园[5]，是否就是这个样子

---

[1] 东湖：指校园东北角的湖，名字叫东湖，因左边是铁塔，又叫铁塔湖。湖水东岸被清代的古城墙环绕，既是学校的围墙，又是学校的东门。

[2] 建筑群。河南大学的建筑群属于近代建筑，系全国文物保护单位。有石碑镌刻"河南大学近代建筑群"字样。

[3] 徐玉诺（1894—1958）五四时期著名诗人、作家。河南鲁山人，20岁考入开封省立第一师范学校，1919年在《晨报》发表第一篇小说《良心》，是活跃于我国20世纪20年代新文学运动中的知名作家，与郑振铎、叶圣陶等交往甚厚。2008年河南大学出版社出版《徐玉诺诗文辑存》。

[4] 于赓虞（1902—1963），新月派诗人之一。著名诗人、翻译家。河南西平人。1923年6月，与焦菊隐等人成立新文学社团，即北京文坛风云一时的"绿波社"。1924年4月，创办《绿波周报》，8月底又创办《绿波季刊》。1935年月4月赴英国伦敦大学研究欧洲文学史。在英期间，著《诗论》《雪莱的婚姻》《雪莱的罗曼史》。1937年任河南大学文史系副教授。于赓虞的诗歌在20世纪20年代的中国现代诗坛中颇有名气，但他一直坚持自己与时不合的诗歌创作理论，故而后来并未受到重视。2008年河南大学出版社出版《于赓虞诗文辑存》。

[5] 将来之花园：1922年8月，由商务印书馆出版的徐玉诺新诗集《将来之花园》，是河南省出版最早的一本新诗集。由此也有说法是，徐玉诺是五四新文化运动时期河南跻身中国文坛的第一位新诗人。

"明德、新民，止于至善"①

八点半了，阳光忽现于门额上方。

2014年5月31日

---

① "明德、新民，止于至善"，取自《大学》开篇："大学之道，在明明德，在亲民，在止于至善。"1936年河南大学大门建成，时任校长的许心武先生选取《大学》中的此句作为校训，正中上额横书"止于至善"，左书"明德"，右书"新民"。大门建成后不久即遭"七七"事变，幸未毁于战火，但1953年，校大门背面的校训被去掉。2002年90周年校庆，河南大学校大门彩绘一新，"明德，新民，止于至善"的校训又重新悬挂于大门内侧。

辑六　与清澈的眼睛相遇

水灯纪事

表芯齿轮状的水灯,它转动的蔚蓝
在影像下以黑色背景,似述说着
时间本是一个谜团——水面即谜面。
一个漫游者,有时伴着美人、友人,
多数时候是一个孤独的人,孑然拉长
时间的影子。抑或,影像的时间。
我走近,又貌似从这一刻远去。
水灯,不知道它能否照彻一个谜底——
深水下是一个个活着的人,岸上
是蓬勃穿梭的人。谁也不是多余者。
多么渴望一个白鹭飞翔的水域,
当水灯消隐,一切事物披上各自的磷光。
我在一个陌生的水岸行走,
水灯,从幻化的现实到虚无的词,
被一个映像抹去又诞生。事实上,
走到哪里我都是并且一直是我的现实,
水雾一再密布,必然的天使穿过它
穿过谎言、谶语、暴力的美学,
每一个澄明都是水灯的具体,

不一定如此宏大,放在水面上给予自由
以自由,一条船就是黑暗里的微茫,
这将是我孤寂深夜里的修行——
夜行者在自己的时间里点亮声音的灯捻,

通往辽阔的黎明。突然,一个老人
他赤裸着上身在方石上打坐、推太极——
生命庞大,几乎没有与之相称的初冬景物,
一种清冷被推开,一层水雾被推开,
这时,他的吸纳从冷事物的背面
以开阔,并给开阔运气力。一些人从身边
走过,瞥视,去往各自的剧场。
我被他推移的双手吸引——
和冷时辰较劲,时间就是迂回,
每个词几乎都是一个险滩。
神秘在于,赤红的上身像早晨的幻影,
抑或昨夜水灯?他说,他是点水灯的人,
他说:"这里的每个人都应是点水灯的人。
我祭他们,也祭这世界上的人心……"

水面上一只白鹭在展开它白色的翅膀,
像祈祷一样无声。大水掩去波澜……
我似乎从孤寂中走出,对时间里的另一个

时间以注视——石漫滩之下一处处庭院、
劳作的农人、孩子、自由的鸽子——
幻觉多数时候在于瞬间,如果说这是一个
蜃景,我宁愿它回到恒定。
事实是:他们消失于一场大水。大水……
多少人?多少人至今是个谜,
多少石头也仅仅是碑石。谈论死亡
远不如谈论水灯让人忘乎、迷离、彻底。
2007年我第一次来。看水灯的舞蹈,
喷出钢花。美景锁着一个洪殇,
我在诗里找到滩石。关于那场洪水的黑洞
已不再有人提起,貌似被这时的
澄明之磷堵上了。我在明净的湖岸,
坐了一个下午,黄连木、紫薇、枫树,
在十一月的命门上独自落叶、变红。

我一边读帕斯的《太阳石》,一种抽象的
明镜,"我曾见黑影在一串串地集结
为了去饮沟渠的血液……"
悲凉,有时候在诗里才能看见,仿佛
生命植入了另一个生命才有一种真实。
紫薇的神奇,在于它极强的粉饰性,
貌似命令水流在一种处境里消声。

时间是用来忘记的。你不忘记就痛苦?
疼痛具有隐忍性,水隐忍着悲惨的低命运,
时间隐忍着飘向天国的安魂曲。
盘旋的鹰、白鹭、候鸟,各自在水上安命,
然后祈祷。幸存者,生活还在继续,
雾霾还在继续,水灯的祈祷还在继续……
那之后我目力所及的,一边是美景,
一边是历史,在欣悦与揪心之间,
登岸、上山,各自造田或筑高楼里的生计。
飘向生活的船,忘情里贩运了多少忘情?
正视即审视。除了我的词,我没有其他。

我的确是一个忘性大的人。再说了
没有忘记,明天就不能继续;再说了
不记忆也同样无法抛出今天的锚。
如若承认生活是一条渡船,稳不稳还在
其次,渡啊,就从了"不应有恨"。
我因此坚持做一个"过心底"的人,
在时间里找到真,而不是针。
多数时候是水雾,遮挡了见远天的视线,
我每一次都真切地来,真实地写下
神秘、友谊——在诗里为生活和解,
试图让远天更远,让明澈回到彼此之间。

这是我多年来一直欣慰的一件事,
即是在某个处境下冷遇、被谣言肢解,
我也固执地相信水明净世界就明净,
流水的时间里有一个洪峰之后的安宁、
人心,透明的植物滋生时间透明。
我因此以我的耳廓,向历史
要一个词,说出生命是一个伟大的意义。

咆哮的滚石,已归附于憨态的平静。
大水下的亡灵,在紫薇花的蛊惑下,
遗失了本能的呼喊。他们,是的,
他们是那个夜,以及所有夜。
一个石头对着另一个问:你叫什么?
无名者,在无名的星河里闪烁,一种暗。
一处残留的土坝遗址,一棵红枫树,
隐于幽深的闸门后,给出隐秘、有景致。
我从北岸到南岸,要翻过二郎山,
这等同于穿过了一个神话传说。
倒放的映像却是,神话里的二郎神
面对一个悲惨的世界失去了法力。
这时他也是一个点灯者?本地的风景
抬高着灯台架,抬高美和晚上八点的灯火。
"驱散黑色的记忆吧,点亮内心的灯吧。"

水之海在我们的天空。除了开阔,没有另外
的明澈以选择,除了给内心一个宝莲灯
还有什么能拨得动时间的一个指针?
除了灯,"再多一个词今夜也容不下了。"

2015 年 11 月 20 日

马耳山,筋斗云及其他

过去了很久,马耳山还在追着我,
刺目而有时霾。艺术者一磊
的橘色木房,我游荡其里,又鬼魅般
在远山看人间。我像凝结的冰
可分明忍不住急促心跳。无语症的
下午,反自然与自然反的复眼
嘲笑似的瞅着我不安的手,不安于
无辜的建筑。这里有自由的羊群,
一条流经冬天的河。河的粼光在来春
以幻化的日月环绕着有根据的杉木。
现在杉木伐走了不少,闯入者
只会犯罪——别墅也是别树——艺术
模仿了生活的稻草人,二十年的
虚幻或者更长的绳索,让一段时间
结一节盲肠。现在,让我腾出我的
不安,为荒置的你,为怜悯幻觉,
为眩晕的星,为嘲笑和叹息,而歌唱,
而说出我的恐惧。这里风声紧,
已算不上什么秘密,我矮下身子和

矮矮的虎耳草低语,我听不清它声音,
或者是呻吟。我漫不经心地到来,
我是一个陌生人,它们在提防着我
劳动的手,木犀或远志,我浑然不知
我的错,甚至不知生活是为什么。
曾经我在山道旁植种一棵桑树,
这对于我,意味着什么?我为此歌唱。
我真的像是一个陌生人,这时我
踩着冰碴子,咔嚓声像要踩踏一个梦,
听见古尔贝里:"从大海蓝色的午睡中,
废墟提起我们在它破碎里洗浴的肢体。"

这的确像一个戏剧,我找你的词群,
你在找我的指针。时间给出各自的山体。
一个女孩儿她不管这些,她演绎镜子,
镜子照着她的美色。一个白色的胶管儿
在舞蹈,那管子从她的臂弯抽出血液——
是的,血液鲜活地从她的身体里,从
眼前以蚯蚓爬过的质感,迅速而又缓慢
地在管壁涌动、涌动……那白色
而充血的管子连接着四野的树干、青草、
玉米,另外的零星的血,洒在黑黑的
土地上。不要害怕,她微笑,她开

花一般在迷离的月影下轻晃,她以朗诵
的调。我突然顿悟于土地上有这些
热烈的词,有这些干涸时巨大的复活。
草木相互致敬,众神从昏沉中醒来,
光调和着光,从镜子从午后照耀出来。
女孩儿又一次出现,一个接一个,
我看见白色的婚纱,我看见大地的婚床,
我看见的亲近是我的亲近。当世界
回到各自的静物,自由就是自然的风力,
爱着的人明明如月。爱如大地之血。

"风又大又长。"我在我们的山上眺望
那片红色的屋顶,像大海掀动的火焰——
曾经蛊惑人们山居欲的,梦幻般的火焰。
我们为此低估了大海的漩涡,低估了人间
的玩笑。时间像一直在装置着什么,
直到把这片房子交给荒废,交给裸露的
耻骨。这时没有意志的手臂,没有桥,
我的想象在漫山的风中丢失了方向。
现实像是一个玩笑大王,站在水泥梁上,
窗上松垮的白帘飘起来,像戏剧性
小动作,让人看见虚妄,之后是孤独。
我几乎看得累了,对于孤独——悬弃在

蓝天下，被风吹，并讥刺我的眼睛。
我几乎不怀疑这就是霍珀，给萧条涂上
单调，每一根钢柱都是孤寂的一个人。
我几乎相信这就是自由，自由是空置者，
甚至是流落者。空房，也即空洞。
今天天气不错，但事实上"晴空万里，
找不到筋斗云。"这是悟空的恼怒，
还是雪峰他看见了我的窘迫？一切都是
空的，包括角色，"包袱换成了行李箱"
时间却是空茫的行程，我们在干什么？

如若问得再牛角尖一些：我们，还能
做什么？切尔诺贝利的荒芜敞开着，
每一扇门敞开着，死掉的建筑被戏剧
唤醒，不，是被语言赋予了旅者的眼睛。
如果在冬夜，我也学着卡尔维诺说：
在马耳山的空房子，"一个旅人……
不怕寒风，不怕眩晕，望着黑沉沉的"
外面，在时间一再过去的黑洞里，
在二十年，以至更久远，还在张望着。
我不忍心走近他，站在屋子正中，
风却从各个方向袭来，从四壁，从毛孔，
从轻吼的声音里……我走近他却不见

他，这被时间抛出的鬼魅，这狡黠的
游魂。我在现实中流离，你却在戏剧里
超脱——第一幕钟表，第二幕是节拍器，
接下来你会吹起你的长笛，休止的
时候意味着遁词，一个迷失的灵魂从这
里回到了一棵树下，光洒在乐谱上。
而我想问的是，我的爱丽丝，抽走我的
情感，时间有没有另外的助听器？
空壳的疯舞也有一个生命。的确，
我将经历融进去。时间偷走我们的什么，
我们为一块土地，为一间屋、一栋楼，
涂抹着我们的罗盘和记忆。这多么粗糙！
如果讲清楚一些，多少人荒诞着，
像空房子，像浮水者。没有自己的鳞。
我说这话时，雾霾在沈阳爆表，
世界有时候难以看清，戴口罩闭嘴。
但我还没有找到我的石头，茫茫人烟，
我失去我的语言，时间将有孤独感。

2016年1月17日、2016年5月17日

航空港观止的十一种方式

1
从哪里来都有一个岸。
晨曦敞开口岸,我们穿过——
穿过身体里的暗。双鹤湖隐逸,
云朵里停泊着我们的叙事诗。

2
乌桕树上悬着霜星,
一到夜晚就亮如醒着的梦——
我却不再是梦行人。
到了知天命的年龄,懂得那些
渡口,即是我们的出口。

3
玄鸟是起于平顶山的凤凰。
飞翔是为了栖身于安宁。
湖是海的另一面,或叫蓝图。
光即先见之明。光芒的
双鹤又度过一个奇怪的冬天。

4

它总是飞掠水面,像自由
在给整个冬天以生命,
我猜测,它模仿了飞机,
承载着我们的,神秘的友谊——
友谊是一种上升的风景,
"从云间洒向星星点点的我们。"①

5

我站在一个绿洲状的机舱上,
一片辽阔的夜空向我驶来。
我感到了我的嗓音,时间里的鱼,
"诵出星河里横渡的船只。"

6

下午风寒,从物流口岸出来,
寻找谷庄村暗合了久违的情感。
命运之手修改过的蓝天,再也
不是田间、流水和房前屋后的
闲散。"失落吗?"阐释在于——

---

① 引自[俄]帕斯捷尔纳克《麻雀山》,吴笛译。

时间暗藏裂痕，借此带来光明。

7
你看，谈故乡总是勾起兴致，
即便那已经消失的村庄——
记忆之雪仍是身体里燃烧的火苗。
"我曾问过屋后的侄子，现在
住哪里？可他说他就在我的楼顶。"

8
谷庄村年迈的头人还在谈论着，
四百年的酸枣树还在记忆里生长着，
一棵老槐树下的岩画还在涂抹着。
世界不再是庭院，是舷窗。
你的星空，这时候也是我的，
"坐拥东道"等同于八荒友谊。

9
苑陵故城。秦城墙的绿植被
蜿蜒地拨开云雾。宇宙
是乌桕、红枫、霜叶菊的雪花图。
万物有灵，静野开阔——
我们得以在寒天行走。

你看，龙鳞松在为天空采气。

10
乔叶说，花在努力开放。
我再一次凝视这些月季、玫瑰。
这冬月，她们打开的是她们的勇敢，
是她们在这个世界的超然，
是火焰，不顾一切地反抗残酷。

11
我是我的口岸，你在你的保税区，
我们的相见或许只是一个瞬间，
但一首诗有了一个开始——
"在寒冷的孤独中走向与你的相遇"[①]
我在早晨醒来已经穿越了星空，
我在这个上午耽于那一对黑天鹅。

2019 年 11 月 28 日

---

① 引自［法］勒内·夏尔《愤怒与神秘》，张博译。

老皂荚树记

这时进入葫芦套,皂荚树的皂荚密植着
秋天给出的澄澈,因它接引蛇山汁液,
像是隐于葫芦的一株灵异,抹去了时间。
事实上,抹去了禁锢才给自由一个长度。
一个人说,破铜烂铁的躯干,雕塑,
龟裂,像一条河向天空伸延可能的光线——
惠特曼这一情境剧的惊异是:爱的法则
在于自然,在于抹去时间它就是时间。

我坐在石板凳上,一个白发的侧脸转过来
赫然童颜,我问:多少岁?他说,70了;
我问这树多少岁?他说,我记事儿就这样了,
"人家说三百多年。有了灵力。一长皂角
就坏收成。怕它了。你看今年——
前旱后涝……"我记起前一段,死了不少人。
一种灵知之力,皂角等同于造觉,
在天地一隅暗自醒着,高出了人类。

一说到天地,一切将大起来。抑或说,

一切将小下去……当我们置身于这里的时候,
天蓝得有些傲慢——我知道,它有理由
傲慢于活在斑驳迷离中的人,甚至傲慢于
活在一个不能纠错的世界里的人。
我知道,每个人要有一个葫芦,收服
身体里过于跳跃的古灵精怪,或者灌酒,
醉到不省人事,还在喊:小二,拿酒来……

我摘取一两枚皂角,感到它上手似乎
薄凉——一种时间的薄凉,弯刀划过苍穹
轻微的薄凉——河岸上的浣溪纱,锤布,
诗经里的关雎……是她们,指定还有我的
母亲——她们手上的动作,是皂角摩挲着
瘖痱转换,云影飘曳,催生出曼妙于旷野的
云天。爱的法则还在于如此轻柔地呼吸——
每一个呼吸都如母性之爱,汇成一个星谱。

一到夜间,星谱的图案就化成一条星河,
不顾偏僻地在东西蛇山之间洒下各自的微光,
露珠,雨水,和幻灯片一样的空蒙感。
据说,月中玉兔造访过皂角树,她手中的
五凤草轻点水珠。点化也即醒神。钧台不远,
一个人心中有音乐,才能奏响时间里的胡弦,

弦声抵制坏时辰，辰光依稀在一个不堪的
时代繁华里构筑空寂，寂静在洗去尘埃。

现代意味着迷离，没有自然就没有醒来的
可能。显然我们未得到很好的葫芦，在树下
睡上一觉，给梦境一个安宁。显然，说到
的抵制还不够，没有什么长过时间，也没有
什么不惧怕于人类。老皂角树于葫芦间，
扮演醉，扮演捉迷藏，尤其与人类要一个
神秘的友谊——它的传说也是我们的寓言，
抵制狂风暴雨，也就是与时间比定力。

2021 年 9 月 11 日

白园记

江畔谁人唱竹枝？怪来调苦缘词苦。

——白居易《竹枝词四首》

1
世界还在冷。结霜的后视镜
以一种含糊的美涂弄视线，
它明灭的微粒如同雪的闪片，
但也许是琵琶声。穿透性
在于河流以及它涌动的节奏
从未停滞，就像你的灵魂所呼唤
——声声慢，从未消失。
岩石是一副面容或时间幻觉，
因嵌入了词或叫时间之爱，有了
我们的共同体。同一现实里
葛藤生出抽打可耻世界的枝条。
多数时候人如惊鸟，你
早有预言，"尽冷看"是隐忍，
也是我们的长恨。另外的时间不如
唱"濯缨歌"，这够讽刺了——

除了祈愿沧浪之水的清澈,
貌似没有别的自决之书来酿
我们的酒。诗是什么?
一个人在无音乐境况下唱出他的歌,
云雀在天,而诗不安。

2

清晨音乐打在石崖上,
孤月在悬。像弃绝尘世之恶
而获取一隅清澈。这时
的确可以邀来应物兄纵情诗酒,
其情景:感于《郡宴》警策,
书石背以呼应,石刻的正反两面
无论怎么翻转都赋有词的手指
指认自我,以及残酷的词的同类。
你在水车旁抑或在出尘时能想清楚
"人间要好诗"意味着什么。
流离不单是游历,不单是
时间洗清了困顿之后的那把藤椅。
你的忧郁也是我的,透过
松枝的暗光照出你侧脸的轮廓,
像是看到了时间的棱角,
一个人或词族,在越过了凄凉、

愤怒、肆虐之后唯有坚韧，承接着
来自四海八荒的风和光芒。
一个人的味道即是这越界的眼睛。

3

从这里看过去，伊河在山间穿过时
静若处子——或在倾听琵琶峰上的乐音。
当一种空旷洗涤了时间深处的忧郁
之后，连我们的眼睛也变得空旷。
我们渴望的时间是疗愈，是驾驭一只
自我的小筏子越过漩涡之滩，这时
那些悲伤化为喜悦的小鹿，我即是你，
你也是我们的同时代——我们渴望的
不再跌入黑暗世界的空茫中的词。
是的，我们从这里看过去，有一道光芒，
就像词有着凛冽的眼睛，或笑容，
它忧郁过，但我们有理由给予它破碎，
像一条鱼在自由水域披上它的鳞。
这就是为什么琵琶峰上有了乐音，
时间的弹奏，在身体里有它的词根。
几只乌鸦在山石的间隙低飞，
一种清晰的滑翔模拟了声乐的形状。
我在这里坐了很久，似是沉浸于一个声音，

似是时间的空白给出了更高的天空,
除了时间之爱,一切都将失去其意义。

4
一只蝴蝶飞掠于水边的时候,
我想起这都立冬了,黄叶貌似粉饰,
能见到蝴蝶是不是一个奇迹?
一条青谷以及它的水流或异类时间,
你说过,人在景中容易迷惑。
我在酒房坐了一会儿,似在你的
《醉饮先生传》中微醺,再次
想起那只蝴蝶,翩然于冬天的翅膀。
醉饮先生,它是你放眼青山时的
那只蝴蝶吧?陶陶然,昏昏然,
不再顾忌冬天何为冬天,它是它
自己的春日。而我们,是冬天的旅人
攀岩,借宿,探出悬崖,在黑沉沉
暗夜醒来,携着我们的黑词上路。
道侧的落叶又多了一层,你指定又
醉了,而我喝酒之后还格外清醒,
蝴蝶翩然于冬天是我的一个谜,
一个叫狄安娜的女神,说冬天不过
是一种节奏,人类的诗篇在献祭,

我在想蝴蝶的翩飞在让周围世界隐去?

5

云雀飞翔。可见与不可见
皆在于眼界——和我一起观景吧
困顿之人,据说"奥德修斯被捆绑
在桅杆上",你陷得够深了,
要踮起脚尖,拔高。眼界即挣脱,
挣脱苦楝树摇摇欲坠的枯籽粒,
挣脱黑灯瞎火的夜。曦光里的翅膀,
琵琶峰上的歌唱,伊河的船——
眼界是山崖上一排长长的飞翔之羽,
你不再叹"怪来调苦缘词苦"①,
我们想要的是一尾鱼披上
自己的鳞片。我们渴望"幽人居"②,
如同云雀,甚至蜻蜓、蜗牛,
一种通透、纯真与自适同在,
良知与人心同在。这叫湖山真意,
我们在原初的劳作中度过一天,
星夜里,我是辽阔的银河。

———

① 引自〔唐〕白居易《竹枝词四首》。
② 引自〔唐〕白居易《官舍》"有地幽人居"。

我记下不再是苦难(我写苦难太多)。
我宁可一次次遗忘,为了与一种
真实相遇,与清澈的眼睛相遇。

6
并非每个人都能有一个修石。
整个下午,我盯着琵琶峰之上的
石碑,像盯着一个人的背影,
想到诗人的神秘,在于用其一生
在打造自己的石头。光芒浮出
有限的雕文,铭于心性间
以至于云纹摇曳,时间再生。
这时我们说到绿蚁酒或等同于
现在的杜康——再不管风雪,
先饮下一个长夜来御寒,也御
时间里的枯寂。"好吧,读诗,
就是读一个人的性情,关键是
眼睛。"我清楚你眼中的痛楚
就是一个国家的痛楚,像片羽
之雪,不是说杯酒之间就能
轻易融化,因此长恨甚或相反
——谱一个笑傲江湖的逍遥曲。
我说不清现在我在想什么,

在松针的尖锐里，一个熟悉的
声音在唤醒我，迷蒙山雾褪尽，
模糊的视野渐次变得清晰。

7
我们需要喝茶时间，甚至欢愉。
我们不想悲伤。雨从洛阳城跟到
琵琶峰上，跟踪的理由是青谷，
或者是与清溪有个约。施洗即灌注。
颓废是另一种放纵，纵情山水，
其间当然的酒色，筋骨草熬制的
汤水，在月下摇摆出劲道。
但愿时间无悲——悲都在诗里
——被遮蔽的世界可以敞开，
弹起琵琶，琵琶峰就是最高的真实，
最后的避所。风雅是必然的人类，
我们都是穷人，且嗜酒，穷是
我们的一个词根，你不惜——
"用蛙与蝉的方式来表演音乐会"
这不是革命，是弃绝后有天堂
安排了宿醉的肉身。十一月寒流
将世界潇潇，我还是忍不住
在亭子下饮一杯，让烈性注入于

身体，让语言回归冷冽的眼神，
让更多的下午如许由①，去放牧饮牛。
至少试着，让时间活得自在一些。

8

琵琶行里言及的"呕哑嘲哳"也
形似我的城域。耳暂明的时间
即是出走，或如这时的山峰之上，
一个人瘖寐，凸显清澈的眉骨。
你的优雅在于身体里那只翩跹的
蝴蝶，纠正过过于愁苦的音调。
你说词苦，像化不尽的荻间雪
让我们去说，尤其，让我们舌涩。
当我们说出东坡，说出漩涡，
说到大林寺、花非花及愁坐诗，
诵读或抗拒就有了一个清明之心。
我感到诗的神奇，在于它非理性，
它是琵琶声里以及浩荡江波之上
的心性。一丝清凉，这时在访我，
我看见我声音里的从容——

---

① 许由，出自晋·皇甫谧《高士传·许由》"饮犊上流"的故事。

从催眠时间醒来时的一种从容。
在不同的时间里,我们各自唤醒,
修复身体里的风景,除了词,
没有另外假设——词是变成石头的
音乐,因此我们有理由结庐而饮。

9
据说是一个萤火夜。夜行的火车
将我带到青谷,酒房敞开,
星光(或叫星河)骤见。我端起
一杯酒洒向山崖——先生的酒,
星夜之词——或者要一个仪式,
向抬高的天空,高高举起我们的
杯盏。萤火虫的幻境也是你的,
琵琶峰上的星河一定是洞穿了
时间之暗而有它微弱的光——
星光从来不属于我们的城市,
想知道你的四周有多么黑暗,
那就来这青谷吧,我是我的星光。
这里是你的天穹,没准儿也是
我们流离之后的一次对称。
萤火夜一定是一个有意志的
国家剧院,在飞翔与吟唱中

反复拨弄出超现实的微火。
我们的时间指定是安静地坐下来
至少坐一会儿,如同你不再是
困于江心秋月的司马,星如灵知,
我们的词皆暗夜低飞的萤火。

           2020 年 11 月 29 日

后记 /

声音、物象及七弦琴

1

　　诗人的声音,之所以是他自己的而又是人类的,在于一种真实的存在——不仅存在于他的语言世界和形象之中,更主要的是人类的处境并由此带来的命运际遇。当人们处在一个譬如灾难性的时间,这和走在一条画境般的旅途的人,完全会给出两种截然不同的认知,前者如其有声那便不再麻木甚至会自觉地揭示其本质,而后者的情景可能是在愉悦之中一路前行,也许会有歌唱。但我更看重前者,那种声音所在的时间或就叫诗歌时间。不难想象,在那样的一个糟糕的时间,会有各种混乱的声音,但那个最清醒的声音必然是诗的声音——即便不是诗人也显在以诗性的存在——因为这时一个声音融入并恒定了时间。

诗出自然而又必然出离自然。诗本来就在它的处境中，并由此发出属于诗的声音。这等同于说一个人在黑暗中给自己以神明，这是古希腊的信仰方式，当然这也是诗的神秘意义所在。帕斯说："诗表达的是不可表达之物。它就像一个没说什么却又说了一切的口吃者，一个劲儿地重复一个可怜的声音，纯节奏。"[①]关键在于这个节奏，在他看来神圣的东西在诗歌的声音里体现得更具魅力，"音乐与色彩的对应，节奏与理想的对应，感觉世界与无形现实押韵……"这一言说强调了时间里的乐音，一种声音的诗学——也叫时间的爱。亦可说这就是诗人的声音——当我们的语言赋予事物某种感受力的时候，就有了一种本质的辨识和认知。诗的声音，有其本身的敏感性、质性，甚至超越自然的属性。相对于自然，帕斯也有说辞："必须在知识上恢复和作为一个整体的自然之间的关系。当然，我们已经不能再神化自然，再也达不到林中有树妖，泉中有水仙那种地步了。那无疑是很美的。自然不再有神性……"[②]这一说法概因现代科学和时代信息让富有浪漫气息的想象回到现实之上，回到现代的方式上来。但在艺术领域，一种原始的东西以及独特气质依然给出某种经验。现代主义更为重要的是：在更为芜杂的工业和城市的楼宇间，我们的语言给出一种诗性辨识。诗由最初的自然音像——那最初的声音有着

[①] 帕斯：《弓与琴》，赵振江等译，北京燕山出版社，2014，第70页。
[②] 帕斯：《批评的激情》，赵振江等译，北京燕山出版社，2015，第56页。

神明之力，带着一种朴素的、内在的力量——开始触及一种随着工业文明而到来的各种现时困境，诗开启了属于它的探求之路，甚至在生与死之间提供了一种未来的可能。

　　诗的原始体验，或就是神明之力的源头。在象征主义的语境中，所有的艺术都给予了一种时间之爱，尤其诗歌——诗歌是赞美也是魔力，是拯救也是讽喻，归根到底在诗化的思想里有一个象征的秩序。追溯的话，声音就是一个最初的源头，在古代，诗歌本来就是起源于某种声音，比如先民们在劳作中的节奏尤其是文明古国的祭祀之乐声等。这里并不想探讨声音的发生学问题，原始的体验所带来的是诗的元音，而在当下的价值谱系中，诗更主要在于本质的存在——一种诗性揭示。什么是诗人的声音？一个诗人必将以其声音完成自己，众多的词语构成其形象的要素、光束和指向，尤其是一些事物/事件隐藏在谎言、假相之下的时候，诗的声音就有了另外的指向。这个指向深入到了社会学和人类学的因素，诗自觉地参与了某种社会批评的功能，甚至有一种从神话到政治的潜在转化。对于一个诗人来说，重在启动诗的神明，诗一定在揭示着什么——诗本身就是一种本质的存在——人的本质、事物的本质、某个世界的本质……当诗有所揭示的时候，诗即以真实的声音建构了另一个世界。词性就是一种声音的哲学，写作就是我们的声音和另外的声音有了碰撞或相融，构成一种本质的存在。说到这里，我不得不再一次提到"我写下了什么"？这一诗歌写作中的一个重要命题。毕竟，在我们的写作中，声音是诗化的时间,而时间却成为现实的再创造。诗人该是携带着自己的声音,开启语言真理的探索途程。

诗歌一开始就是一个探求真理的途程。唐诗,不就是唐音吗?据说,唐诗漫长行吟是从黎阳一株神秘林檎树开始的,诗人王梵志以一首《我昔未生时》"生我复何为""还我未生时"天问般,开启了唐诗之路,之后寒山的狂歌,王勃的清音,陈子昂天地怆然一呼……直到后来杜甫、白居易源于民间及社会现实的大音,都再现了一个诗人对人类处境、世界本质的感受力。大音若希,神明再现。神明或许是一个过于柏拉图的说法。什么是诗?或者问诗以什么样的声音?简而言之,诗有时只是关乎心性,那种灵知之力,异己者的意志,词语的光芒,或可说皆为心性所致。如此一来,神明即是说:当诗人发出声音的时候诗歌所指向的事物开始澄明。贺拉斯说"现代性的特征之一是对写作的追问"。艾略特不是有《诗的三种声音》论吗?他所说的第一种声音是诗人对自己的声音,第二种是诗人与另外的人交流的声音,第三种声音是诗剧里的声音——一种角色中的声音,他说"如果它是一部伟大的剧作。你不用花多大劲就能听到这些人物的声音,那么,你也可能会分辨出其他的声音"。[①] 在这里角色也是辨识。辨识力也即感受力,这几乎是关涉到一个诗人的价值取向和诗学境界的问题,没有辨别力就没有对事物/事件的认知,就没有真实的

---

① 潞潞主编《准则与尺度:外国诗人文论》,北京出版社,2003,第245页。

声音，因此一个诗歌的时间就不会存在。一首诗必然是以独特的声音独立于某个时间的，并成为时间的明证。在这篇文章中，我更看重他例举的贝多斯的两句诗——

黑暗中无形的儿童的生命
用蛙声叫道："我会成为什么？"

2

一种物象里的声音，有着如此震撼的生命疑虑。"我会成为什么？"这几乎是每一个诗人该警觉的一个命题，譬如，写诗就是为了让人能够成为人；要想与光明对称，必然要你的词穿过黑暗而找到属于自己的奥德赛。诗人的声音也就是他的形象，以及由形象所构建的某个处境。人们常说，小说有模糊性，不同的人构成了一个众生存在的社会。而诗歌却是清晰的神，他只需要一个声音毫不含糊地捅破某个真相，甚至毫无畏惧地迎向黑暗的处境，他走向的是那一个站在前方始终在微笑的花冠女神。

在这里，物象本身就是一个诗学镜像。这里并不是谈意象——意象有着某种行为动向，至少因为有了心理暗示或某种想象或象征意味而调动了修辞，比如俄耳甫斯身上寓意了爱与自由——这在我们的修辞学里早已有了某种属性或喻指，意象就是这样在创造着某个事物或情绪。而物象是一种存在，是事物本身,当然它可能延伸为某种处境。譬如布罗茨基的《黑马》:"黑色的穹隆也比它四脚明亮/它无法与黑暗融为一体。"开句有着惊心的一个处境——黑色的穹隆。在这首诗中,"黑暗"成为蔓延于四周的一个物象,这一处境中是另一个物象——来自黑暗,又比黑暗更黑的"黑马"——这样的具象其实构成了意象,在一个庞大的物象/处境中,充斥着神秘、野性和力量。这是一个时刻都会奔腾而起的具象——一个词在与无边黑暗对峙。事实上,"无法与黑暗融为一体"不正是一个诗人成为诗人的理由和明证吗?一首诗的奥妙就在于这个惊艳的词,那是声音之源,是物象簇拥出的一个形象——诗的形象。布罗茨基也说:"一个出色的词。它吱吱作响,就像一截横跨深渊的木板。从拟声的角度看,它胜过 ethics(伦理学)。它具有表示禁忌的所有声学效果。"[1]事实上,一个诗人能够突破边界就因有这样的词。词突出了诗人的声音。在《黑马》一诗中,诗人一直赋予它以精神性的造型,它如此有型地在黑暗中黑下去或者说明亮起来,几乎成为一种渴慕的形象,但到最后一节,诗人突然发问:"它为何在我们中间停留?""为何从眼中射出黑色的光芒?"结句是:"它在我们中间寻找骑手。"一种更高的精神境界随着这一灵光闪现的声音突然降临在诗中。

---

[1] 约瑟夫·布罗茨基:《悲伤与理智》,刘文飞译,上海译文出版社,2015,第 206 页。

事实上有太多的"幻景",有时候我们或就觉得生活本该如此,在晨曦中走向一天走向当然的世界,没有风雨及惊讶,似乎我们应该多一些歌唱。我们有时甚至看不到我们的词在等待着一种黑暗的到来,粉饰的东西太多,词在擦亮它的眼,或者说诗在要求诗人抬高属于诗的眼界。

曾经,我在汨罗江畔短暂地停留,一个冬天的夜晚,雪悄然而漫天地下了起来,我倚在窗前一边忧郁地读着屈原的诗,一边漫不经心看着窗外洋洋洒洒的雪花,就写下了一首《雪夜,汨罗江畔读屈原诗歌二十九首》:"诗在风雪中,诗在讲述自己的命运。"在这一境遇中,不得不说汨罗江是历史所给出并赋予江河的一个形象,雪簌簌之声舞动着,像一个精灵,"我从未觉得雪这么有型,貌似并非寒冷的一个节奏/——舞蹈着的词人,越过了时间的薄冰"。我承认,在这首诗中有着寓于内心的各种意象在共生一种诗的情绪和思想。我在这里无意来阐释这首诗,对自我诗歌的解释基本上是没有必要而且是失去意义的,这里重在说围绕于汨罗江此时此地的那些众多的物象,比如历史典籍、江流、风雪、夜行人……几乎是一个物象群。物象即处境,物象也即历史——关键是一个历史镜像所带来的诗空间。

借此可以说到诗歌与历史的关系。历史的东西对我们有着根深蒂固的渗透性。诗有时是历史的再现,是历史在词语中短暂的折射给出了一个新的凝眸瞬间。历史是一种源头,诗就在历史的一个个渡口,向我们徐徐驶来,又向未来极速前行。诗既是历史的一个节奏,又是时间的一个瞬间节点。在诗生成之时也是超越历史之时。重要的是诗歌中的历史是对现实的回应。说这些其实还在于一个疑问:当某一天,我们站在历史的某个"瞭望点"时,我们会想到什么?杜甫的草堂、欧阳修的醉翁亭、范仲淹的岳阳楼……是不是一个个历史物象?我曾经说:"陶渊明、杜甫、李商隐、苏东坡……一种历史文化语境就生发在身边的某一个地方,当我们甚至是在闲暇时谈论诗歌,似乎也是绕不开的话题,毕竟离我们这群人太近了,我们在很多的瞬间都能领受到一种词的光芒。"这的确是事实,之所以说到这个问题,在于当代诗撇不来这样的际遇,这既是一个源头,更是一个历史物象。我们的写作必须解决这一从过去抵近当下的诗学思维——它带来了什么或者说给出了什么样的经验,让它和当下有了一种联系甚至互文的结构方式。

一个诗人所建立的诗学,或许可以说是他的物象学。他伫立其间,发动了词的行为,从而建筑了属于自己的诗歌世界。而历史的物象,要警觉的是"古典性"与"现代性"之间的一个基本经验问题。譬如我生活的地方就是一个充满"古典性"的地域,人文历史到处可见,每一个地区几乎都有一个历史博物院,孟浩然那句"江山留胜迹,我辈复登临"可谓生动。我们的行走,时刻会被"古典"包围。要做的是现代性的写作,即便面对历史物象也要有一个历史的现代性。我们观察事物、我们的感受力必须具备"现代性",这不是说一种突围能力,而是在强调我们的语言自觉。事实上,唯有这个自觉方有诗性的声音。

现代性的问题一开始就有着特殊的诗学气质。不论是波德莱所说的当下时间意识,强调时下的经验与灵知,还是福柯的"一种态度",作为思想、感知以及行为的方式,都构成了一种诗性气质,即批判的精神。这一精神必然是建立在语言自觉的基础之上的。在时代语境下,诗歌几乎是一种异化的声音,这多多少少会给我们的诗人带来尴尬——身份的尴尬以及处境的尴尬。诗在当下的确是边缘化了。越是如此,语言自觉首要的是处境自觉,相对于时代语境诗歌话语边缘化又能说明什么呢?一个真正的诗人始终明白:越是边缘的诗歌恰恰是真实的声音。或许,今天诗歌不可能再改变什么,但诗的神明还在揭示着人类自身,揭示着人性和现实,让时间停下来,让时间说话,给时间以活力和真相。因而一种异化的声音有着毫不掩饰的敏锐性。在诗中,"语言是比我们称为国家的政治和历史范畴更广泛的现实"。历史的面目是什么,有时候不妨读读诗歌,诗中有一个无畏的声音在讲述着真实的时间。如帕斯所说:"要想了解人类的人就应读一读莎士比亚:那里揭示了政治的神秘……在黑格尔之后,社会学家、心理学家以及许多政治作家所涉及过丧失理智的主题。这一切良苦用心在《荒原》面前都显得苍白无力。艾略特的诗篇向我们展示了现代城市的荒凉:现代人像幽灵一样徘徊在岩石、铁和玻璃的楼群之间。贫瘠的世界。"[1] 诗的动因源于某个处境,在醒着的

---

[1] 帕斯:《批评的激情》,赵振江译,北京燕山出版社,2015,第310页。

时间语言开始行动。这种清醒与自觉是诗能够成立的一个前提。

3

声音存在于一个个物象中，这些物象有时是某个地域、河流、或城市，有时是一个细小的具象的事物，有时却是某一个历史在我们面前突然展开，充当了诗的思维建筑。诗是物象的世界，在某一处境中有了自己的命运以及未来；物象是诗的空间以及词的各种要素、形象，最终成就诗的一个声音。

诗歌语言的上升，就在于在它的处境中，有一种坚韧的力量，或者说，诗能不能拥有它的琴——古希腊有一种琴叫七弦琴，也叫诗琴，同时也是抒情诗女神厄拉托（Erato）的象征。据说，七弦琴后来被许多国家作为音乐的标志，悬挂在音乐会舞台帷幕上。七弦琴，来自神话，并给予了人们一种永恒的声音。这是诗化的，而又是真正属于诗的声音。

诗人要自觉地弹拨属于诗的"七弦琴"，给自己一种语言的自觉。唤醒与觉悟，之后才是歌唱。这是一个意味深长的话题，一个诗人要唤醒的，首先是那个行走于街市的人——而后走向一个陌生的自我——一个异己的世界里有着清醒的声音的自我——一个独立行走的人。这是真正的艺术在身体里觉醒的一个过程。这个过程就叫七弦琴醒神的过程吧。中国新诗历经百年，几乎每一个晦暗时期，诗都凸显出了它特有的明澈。在新文化运动时期，胡适写下了第一首白话诗，鲁迅成为新诗现代性的开启者，一代青年觉醒的命运也决定了中国新诗的命运——现代诗一开始就是一种自觉的思想行动。甚至所谓民国气质，也是一种觉醒的气质。诗是一种镜照，是从语言行动开始的人类命运的镜照。

但丁在《神曲》中高傲地写出："抬起我的狂妄的脸，向上帝喊道：'现在我再也不怕你了！'"（炼狱篇，第13章）如果说在诗人的知觉中有一种先知的东西那就是他的觉醒意识，并赋予词语以血肉，然后词语以生命的诉说给出我们无法言说的某个现实。

> 那个完全沉浸在孤寂中的灵魂从他原来所在的地方站起来向着他说："啊，曼图阿人哪，我是你那个城市的人索尔戴罗！"于是他们就互相拥抱起来。
>
> ——《神曲》炼狱篇，第6章

这一唤醒的声音在一个战争的场景中显得特别鲜明，在但丁的《神曲》中，这一节是指向道德和政治混乱的片段，在他看来这几乎是意大利城市乃至国家的现状——一个国家是"暴风雨中无舵手的船"，是奴隶，是痛苦之地，诗人犀利的语言是呼喊也是圣歌。语言在诗中不仅是一个象征的世界，更是一种信仰的引领。在另外的章节，诗人对信仰的践行者有所描述——无数的灵魂散布在十字架形的两条光带上，它们在十字架中间移动着，仿佛是射入黑暗的某种力量。灵魂们轻声吟唱着，但丁写道："正如，……琴的众多弦调配得和谐，奏出铮铮的声音。"（《天国篇》第14章）

　　诗歌最终是语言的艺术。在象征的语境中，诗是修辞与知觉的统一，中国新诗历时百年，诗歌话语一直作为一种精神力量让蒙昧的事物转化为澄明。语言的自觉既是精神层面的也是诗歌技艺方面的，是指向一个物象世界的，是可稽的一种事实\事件，并经由诗人的声音而赋予某种经历以神明。当然在诗的述说中，一种经历既是历史的也是现时的，无论来自个人的经历抑或社会的经历，当我们开始讲述，我们面对的即是自身以及正在发生的一个存在，如此说也就意味着诗的语言是一个自觉的行动，它是一种体验的语言，更是一种揭示的语言，诗永远朝着某个方向以及未来。尤其是今天，随着社会的转型、发展，诗歌话语也从抒情主体、神话诗学转化为当下的"解构性"声音诗学。这一解构性语言几乎是在新世纪二十年间缘于社会分化而出现的一个语境，在价值秩序混乱和虚无化的境遇下，对诗歌语言的要求关键是它处理复杂问题的能力构成一个新的挑战。耿占春在《求索秩序——新世纪二十年诗歌写作》一文中说："作为对分化的社会方言的一种回应，诗歌愈益从一种先知般的话语转向一种批评的、论辩性或审议性的话语，从独白转向一种共和主义的话语，但又探索着意义的秩序和精神的启迪。""在分化的社会心态中，在重构共同的价值观念之前，认同是以真实的感受、经验、记忆为基础的,而诗歌话语的重构亦是以此为根基的认知与情感的综合。对某种真实的内心生活的表现,在任何时候尤其是在价值观发生危机的时刻,依然是诗能够提供的最高的精神利益,或可能的救赎方式。"[1]这一求索过程充满了诗歌话语的精神力量,也自然包含了作为诗人那种使命般的诗歌意志。我一直坚信,诗最终是通向明澈之境。这一过程是朝着一个更高境界的过程,这是诗的方向,是诗人在所属的物象/境遇中所要完成的词与物的审视与确认,除了诗性的声音,除了内心的清明,以及由此所诵出的诗的形象,我们还能说些什么?祈愿事物赋予词以生命。

2021年3月12日

---

[1] 耿占春:《求索秩序——新世纪二十年诗歌写作》,《南方文坛》2020年第6期。

听见身体里的夜莺

出 品 人	郭文礼	选题策划	刘文飞	责任编辑	武慧敏
复　　审	刘文飞	终　　审	郭文礼	装帧设计	张永文
印装监制	郭　勇	项目运营	有度文化·刘文飞工作室

投稿邮箱｜liuwenfei0223@163.com

微　　博｜http://weibo.com/liuwenfei0223　微信公众号｜YOUDU_CULTURE